C000255789

Hermann Kurz

Die beiden Tubus

Eine Novelle

Hermann Kurz: Die beiden Tubus. Eine Novelle

Erstdruck: Stuttgart 1859 in »Neun Bücher Denk- und Glaubwürdigkeiten«, Stuttgart (Franckh) 1859.

Neuausgabe mit einer Biographie des Autors
Herausgegeben von Karl-Maria Guth
Berlin 2020

Der Text dieser Ausgabe folgt:
Hermann Kurz: Die beiden Tubus, in: Hermann Kurz, Sämtliche Werke in zwölf Teilen. Herausgegeben von Hermann Fischer, Teil 9, Leipzig: Hesse & Becker Verlag, [o.J.].

Dieses Buch folgt in Rechtschreibung und Zeichensetzung obiger Textgrundlage.

Die Paginierung obiger Ausgabe wird hier als Marginalie zeilengenau mitgeführt.

Umschlaggestaltung von Thomas Schultz-Overhage unter Verwendung des Bildes: Johann Lindner, Porträt des Hermann Kurz (Kupferstich), 1879

Gesetzt aus der Minion Pro, 11 pt

Die Sammlung Hofenberg erscheint im
Verlag der Contumax GmbH & Co. KG, Berlin
Herstellung: BoD – Books on Demand, Norderstedt

Die Ausgaben der Sammlung Hofenberg basieren auf zuverlässigen Textgrundlagen. Die Seitenkonkordanz zu anerkannten Studienausgaben machen Hofenbergtexte auch in wissenschaftlichem Zusammenhang zitierfähig.

ISBN 978-3-7437-3659-7

Bibliografische Information der Deutschen Nationalbibliothek

Die Deutsche Nationalbibliothek verzeichnet diese Publikation in der Deutschen Nationalbibliografie; detaillierte bibliografische Daten sind im Internet über www.dnb.de abrufbar.

Es war ein wunderschöner Aprilmorgen.

Kein Wölkchen ließ sich am ultramarinblauen Himmel blicken.

Ein leichter frischer Morgenwind hauchte zephirisch am Gebirge hin, und die erwachende Natur dehnte gleichsam alle Glieder aus, um neubelebt und gestärkt an ihr Tagewerk zu gehen.

Die beneidenswerte Mission, diese heitere Stimmung in einem Morgenliede auszusprechen, war auf dem Schauplatze, den wir nun sogleich eröffnen werden, einem kleinen Naturdichter zugefallen, nämlich einer frühen Lerche, die sich aus der Ebene einige tausend Fuß hoch eigens zu der Bergplatte in der Region des Steingerölls heraufbemüht hatte, um dem Pfarrer von A...berg eine musikalische Matinee zu geben.

Dieser jedoch, obwohl die freundlichste Menschenseele von der Welt, hatte diesmal für seinen Lieblingssänger, seinen Haus- und Hoflyriker, kein Ohr. Und doch stand er am Fenster, und die arme Lerche, das *genus irritabile vatum* repräsentierend, schrie ihm in ihrem durch Empfindlichkeit gesteigerten Eifer beide Ohren so voll, daß er hätte taub werden sollen. Allein dieses war er bereits, nicht im buchstäblichen Sinn des Wortes, sondern im uneigentlichen. Er gab sich nämlich, gleichfalls in großem Eifer, einer Beschäftigung hin, die ihn ganz Auge sein ließ, so daß er vor lauter Sehen gar nicht zum Hören kam.

Die Beschäftigung des Pfarrers von A...berg war die gewohnte, wir möchten sagen obligate, der er seit zwanzig Jahren jeden Morgen oblag. Er sah nämlich spazieren, indem er einen langen Tubus vor das Auge hielt und über die Ferne hin und her bewegte. Derselbe war weder ein Dollond noch ein Frauenhofer, sondern ein selbstverfertigtes Rohr aus steifem Papier, worin er die teleskopischen Gläser nach freundschaftlicher Anleitung des berühmten Mechanikus Butzengeiger in T......., der sein Vetter war, eingesetzt hatte. Dieses Sparfernrohr bildete neben seinem Sohne Wilhelm, von dessen Entwicklung er sich Wunderdinge versprach, seinen größten Stolz und, wie schon gesagt, seine tägliche Morgenergötzlichkeit. Es trug wohl zwanzig Stunden weit und ließ in der Landschaft die wellenförmigen Hügelreihen, die dichtgesäeten

Dörfer mit den blinkenden Kirchentürmen, in den Bergen aber, die sich links und rechts in langer Front an den hohen Standpunkt unseres Beobachters anschlossen, die verstecktesten Taleinschnitte, die abgelegensten Felsenzacken und die verborgensten Ruinen sehr deutlich vor das Auge treten.

Um das Bild, das wir dem Leser aufgerollt haben, flüchtig zu ergänzen, fügen wir nur noch bei, daß das Gebirgsdörfchen, dessen Pfarrer wir mit dem Tubus in den Händen am Fenster erblicken, ebenso reich an landschaftlichen Schönheiten als arm an den materiellen Erfordernissen des Lebens ist. Beide Ausstattungen ergeben sich jedoch nach ihren verschiedenen Seiten hin aus der bereits angedeuteten Lage dieses ländlichen Hochsitzes von selbst, daher wir auf ihre umständlichere Ausmalung verzichten zu können glauben. Doch wird der wasserkarge Ziehbrunnen unter dem Fenster festzuhalten sein, benebst dem bäuerlichen Liebespaare, das, im Schöpfen begriffen, unter höhnisch verneinendem Wortwechsel eine rauhe Werbung und ein noch abstoßender eingekleidetes Ja verhandelt. Zwar bedürfen wir des Brunnens in der Folge nicht weiter, und »Bub« und »Mädle« sind uns noch überflüssiger, weil der kleine Roman, den wir hier beginnen, ausschließlich in den »besseren Klassen« spielt; wir wissen aber, was wir einem gebildeten Publikum der Gegenwart schuldig sind, und haben es daher nur um so mehr für unsere Pflicht erachtet, wenigstens den Anfang unseres Gemäldes mit einigen volkstümlichen Pinselstrichen abzurunden.

Was jedoch das bewaffnete Auge des Pfarrers von A...berg so gänzlich gefangen nahm und ihn selbst gleichsam zur Statue entgeisterte, war nicht der längst gewohnte Anblick der Morgenlandschaft, obwohl er sich demselben stets mit Liebe hinzugeben pflegte. Es war etwas Neues, Überraschendes und, wie wir wohl vorausschicken mögen, eine verhängnisvolle Epoche in seinem Leben heraufzuführen Bestimmtes.

Während er nämlich von Morgen gegen Abend gerichtet zwischen den am Fuße des Gebirges nach dem unteren Lande hinziehenden Hügeln, die schon vom jungen Grün des Lenzes überflogen glänzten, ein sonderbar schiefes Türmchen aufsuchte, nach welchem er jeden Morgen teilnehmend sah, ob es noch nicht eingefallen sei, trat eine Erscheinung in sein Sehfeld, die ihn beinahe erschreckt hätte, bald aber mit einer fast närrischen Freude erfüllte.

Er hatte bei seinen bisherigen Beobachtungen ein kleines Haus übersehen, dessen Oberteil in einiger Entfernung von dem wehmütig geneigten Türmchen über eine von Bäumen halb versteckte Mauer hervorragte. Erst heute machte er dessen Entdeckung. Aber eine noch größere war ihm vorbehalten: er entdeckte nämlich am Fenster des Häuschens einen Mann, der genau wie er selbst ein Fernrohr handhabte und, so schien es ihm wenigstens, gerade jetzt seine eigene Person rekognoszierte. Er glaubte in einen entfernten Spiegel zu blicken oder gar einen Doppelgänger wahrzunehmen. Bei näherer Untersuchung jedoch fand er, daß dieses »zweite Gesicht«, das ihm aufgestoßen, in Wirklichkeit ein zweites war, das heißt ein anderes. Wenn ihn nämlich sein Butzengeiger, wie er das Instrument zu nennen pflegte, nicht trog, so erkannte er ziemlich deutlich eine schwärzliche Komplexion und einen eckigen Knochenbau mit harten düsteren Zügen, während er selbst blond und glatt wie Hamlet, dabei aber freundlich und gemütlich wie der liebe Vollmond aussah.

Kein Zweifel, das Wunder löste sich in Natur, der Doppelgänger sich in einen Kunst- oder vielmehr Liebhabereigenossen auf. Und dennoch blieb es wunderbar, daß diese verwandten Seelen, wer weiß nach wie langem unbewußten Umhersuchen, sich in so seltener, vielleicht noch nie dagewesener Weise begegnen und eine optische Schäferstunde feiern sollten! Indessen verschob der Pfarrer von A...berg das Nachdenken auf eine gelegenere Minute, da es ihm für den Augenblick vor allem darum zu tun sein mußte, die so unerwartet gefundene teleskopische Freundschaft hand- oder, wenn man will, augenfest zu machen und sich ihrer dauernd zu versichern. Er holte daher, den schwerfälligen Tubus für eine Weile einhändig regierend und vor Mühe keuchend, sein Taschentuch aus dem Schlafrocke hervor und schwenkte es wiederholt, wobei es ihm nicht wenig Schweiß kostete, den Gegenstand seiner Beobachtung vor dem Glase zu behalten oder, wenn er ihn von Zeit zu Zeit verlor, schnell wieder vor dasselbe zurückzuführen.

Doch aller seiner Bemühungen schien ein neidisches Geschick spotten zu wollen, denn der Unbekannte gab kein Zeichen der Erkennung, obgleich in seiner Stellung und der Richtung seines Fernrohrs keine
95 Veränderung sichtbar geworden war. Sein Entdecker kniete auf den Boden, legte die angeschlagene Augenwaffe auf das Fenstergesims und

begann das Taschentuch mit Macht zu schwingen; da er aber bedachte, daß durch dieses Verfahren gerade das breiteste Objekt des Gesehenwerdenkönnens, nämlich sein wohlgerundetes Selbst, dem Bereiche einer gegenseitigen Wiederentdeckung entrückt sei, so band er mit ebensoviel Kunst als Anstrengung die Signalflagge um den unausgesetzt in Arbeit begriffenen Tubus fest, ließ das freie Ende flattern und nahm seinen früheren Standpunkt in dem Fenster, das er vollkommen ausfüllte, wieder ein.

Das Fernrohr jetzt mit beiden Händen, wie vorher, zu bequemeren Evolutionen beherrschend, schüttelte er es von Zeit zu Zeit, um die daran befestigte Flagge tanzen zu lassen. Allein dies war gleichfalls ein mißliches Manöver, worin er jeden Augenblick inne halten mußte, um den durch die Schwankungen gestörten Gesichtswinkel herzustellen, ehe die in demselben befindliche Erscheinung unwiederbringlich verschwinden konnte. Da kam ihm endlich der steifer werdende Morgenwind zu Hilfe und blähte das Taschentuch auf, so daß es lustig zu wehen und ordentlich zu rauschen begann. Der Pfarrer beugte sich jetzt mit dem beflaggten Tubus weit aus dem Fenster, um sich so bemerklich als möglich zu machen, und suchte seinen Doppelgänger gleichfalls im Geist auf die Nase zu stoßen, die, weil dessen Sehrohr in die Höhe gerichtet war, ganz merklich unter demselben zum Vorschein kam.

Vergebens jedoch! Der andere rührte sich nicht, und er hielt ihn nachgerade für einen Gliedermann, den irgend ein Spaßvogel aus unbekannter Absicht dort ans Fenster gestellt habe. Etwa gar um ihn selbst und seine unschuldige Liebhaberei, die man dort bemerkt haben mochte, zu parodieren? Dieser Gedanke, der nahezu an eine Regung von bösem Gewissen hinstreifte, fuhr unserem Beobachter einen Augenblick durch den Kopf; aber der Gedanke war zu wenig wahrscheinlich und der Pfarrer zu gutmütig, als daß er bei ihm verweilt hätte. Auch unterbrach ihn ein plötzlicher Szenenwechsel auf dem Schauplatze seiner Forschungen; der Doppelgänger setzte das Fernrohr an, zog sich zurück, und gleich darauf war das Fenster geschlossen. Er war also kein Gliedermann gewesen. Dafür war er aber jetzt weg, vielleicht auf Nimmerwiedersehen und der Pfarrer von A...berg hatte Zeit und Mühe umsonst verschwendet.

96

»Reisen Sie glücklich nacher Asia und empfehlen Sie mich Ihrer Frau Gemahlin!« sagte er ärgerlich hinter ihm drein. Dieses aus dem Leben gegriffene Zitat wurzelte mit dem Ursprung seines Daseins im Komplimentierbuch eines kulanten Posthalters der Umgegend. Derselbe hatte einst einen türkischen Gesandten, der, den nächsten Weg von Paris nach Konstantinopel über den Aalbuch einschlagend, bei ihm vorfuhr, Relais für seinen Wagen, für sich selbst aber, als Surrogat für den Scherbet, ein Glas Zuckerwasser zu nehmen, beim Wegfahren mit abgezogener seidener Zipfelmütze und unter einem tiefen Bückling die angeführten goldenen Beurlaubungsworte nachgerufen. Sie waren, von seinen Gästen verbreitet, nach und nach landläufig geworden und wurden, wo nur »Geist, Gemüt und Publizität« ihre Flügel regten, von allen geistreichen Leuten, mit anderem Wort also von allen »Honoratioren«, bei mehr oder weniger passenden Gelegenheiten unfehlbar angewendet.

Der Pfarrer hatte inzwischen eine vorübergehende gemäßigte Verzweiflung über den unbefriedigenden Ausgang seines Abenteuers bald verdaut und stieg nun ziemlich selig zu seiner getreuen Gattin in das Wohnzimmer hinab, um derselben die unerhörte Überraschung, die ihm soeben geworden war, mitzuteilen.

Will man sich hier im Vorübergehen einen allgemeinen Begriff von den Zuständen des Pfarrhauses in A...berg bilden, so versetze man sich einfach in die Geschichte des Landpredigers von Wakefield, nur daß man sich allerlei wegzudenken hat, zum Beispiel die beiden Mädchen mit ihren Liebhabern, den pedantischen Nestkegel, sowie auch den wackern musikalischen Vagabunden nebst seiner musterhaften Liebe, vor allem aber den theologischen Traktat. Von Arbeiten letzterer Art war unser Pfarrer nun ganz und gar kein Freund, und schon bei der Wahl seiner magern Pfarrstelle hatte ihn neben dem Wunsche, die Erkorene seines Herzens schnell heiraten zu können, der weitere Lebensplan bestimmt, auf dem ersten besten Anfangsdienste das Ziel seiner Tage heranzusitzen und jedem Beförderungsanspruch zu entsagen, der ihn nur genötigt haben würde, seine dogmatischen Bücher abzustäuben und sich als alter Knabe noch einmal zum Examen zu melden.

Dieser Lebensplan beruhte auf der breiten Grundlage eines ganz stattlichen Vermögens, das beide Eheleute zusammengebracht hatten und das ihnen ihr Gericht Kraut nicht bloß mit Liebe, sondern mit jedem beliebigen Genuß des Lebens zu würzen gestattete. Und zu all dem Behagen kam noch, daß der gefürchtete Ökonomiebeamte des

Bezirks, der Kameralverwalter, der die Aufsicht über die öffentlichen Gebäude zu führen hatte, mit dem Pfarrer im dritten und mit der Pfarrerin sogar im zweiten Grade verwandt war, welches Verhältnis die angenehme Folge hatte, daß das Pfarrhaus von A...berg nicht nur unter den Pfarrhäusern des Landes als eines der schönsten gepriesen wurde, sondern auch mit Recht ein allerliebstes Häuschen hieß, in der dürftigsten Umgebung der artigste und komfortabelste Felsensitz für ein wohlhäbiges Paar, das Hände genug zur Verfügung hatte, um sich die Nützlichkeiten und Süßigkeiten einer wohlbestellten Haushaltung von allen Seiten die schroffen Bergwege herauftragen zu lassen.

Fällt hienach mit so manchen anderen Vergleichungspunkten zwischen A...berg und Wakefield auch noch der der Armut hinweg, so bleiben doch immerhin Mr. und Mrs. Primrose übrig, denn das waren die beiden liebenswürdigen Pfarrhälften durch und durch, ein wenig vielleicht schon darum, weil sie sich in ihrer Jugend mit Vorliebe in diese Rolle hineingelesen hatten. Ihr Wilhelm sodann, der ihnen Ältester und Jüngster, Sohn und Tochter, nämlich das einzige Kind war, mochte den braven George und den bedächtigen Moses, ja gar die schwärmerische Olivia und die praktische Sophia alle in einer Person vereinigen; doch ist uns zur Stunde seine nähere Bekanntschaft noch vorenthalten, da er sich auswärts in einer lateinischen Kostschule befindet.

Das Behagen, in welchem unsere Primroses schwammen, teilte sich allen mit, die sie berührten, und da sie sehr mitteilend waren, so erstreckten sich diese Berührungen in ziemlich weite Kreise. Ihre Gastfreundschaft war so groß, daß niemand ihr steiles Schwalbennest unzugänglich fand, und die Gemeinde selbst, obgleich sie nicht erwarten durfte, einen Steinriegel in eine Kornkammer und Dornsträuche in Feigenbäume verwandelt zu sehen, befand sich doch wenigstens bei dem Wohlstand ihres Pfarrers weit besser, als wenn sie, wie es in ähnlicher Lage meist der Fall ist, zu ihrem eigenen Mangel an Wolle auch noch einen kahlen Hirten gehabt hätte.

Sonach, wenn der geneigte Leser den Pfarrer von A...berg vielleicht auf den ersten Anblick wegen seines Papierfernrohrs für einen armen Schlucker oder gar für einen Filz gehalten hat, so ist dies nur einer von den vielen Beweisen für die Wahrheit des Sprichworts, daß der Schein 98 zuzeiten trügt. Der Spartubus stellte bloß ein Stückchen Robinsonade im Studierzimmer, ein Symbol für das »Selbst ist der Mann« und ein Füllhorn des aus der Unabhängigkeit der Selbstfabrikation fließenden gesteigerten Genusses, zugleich aber auch eine Art Ablaß zur Abkaufung aller anderen Unbequemlichkeiten des Lebens vor. Da unter diesen der Anblick fremden Elends eine der störenderen ist, da ferner unserem Pfarrer seine Mittel gestatteten, solcher Störung vorzubeugen, da er endlich den Grundsatz, zu leben und leben zu lassen, rings umher an Arm und Reich betätigte, so wird man der Versicherung, mit der wir sein Charakterbild abschließen, Glauben schenken, daß er einer der wenigen Menschen war, die keinen Feind haben.

Mit unbeschreiblicher Überraschung und grenzenlosem Vergnügen vernahm die Pfarrerin, was sich soeben zwischen Morgen und Abend zugetragen hatte. Als eine Frau, die eine Freude des Gatten wie ihre eigene Freude freute, interessierte sie sich höchlich für den unbekannten Seelenverwandten ihres Mannes und sprach mit Hochachtung und Freundschaft von ihm, jedoch nicht ohne zugleich ihrem Verdrusse Luft zu machen, daß der »dumme Kerl«, wie ihr im Eifer entfuhr, »keine Augen im Kopf gehabt« habe. Sofort eröffnete sich eine lebhafte Beratung über die Fragen, wer derselbe sein möge, wo er wohne, und wie es komme, daß er dem regelmäßigsten aller Beobachter bisher entgangen sei. Die letztere Frage zerfiel wieder in mehrere Unterfragen: war der Fremde vielleicht erst seit gestern oder heute in der Gegend seßhaft, in der er sich hatte entdecken lassen? oder, mochte er nun ständig oder vorübergehend seinen Aufenthalt dort unten haben, entstammte seine heutige Rekognoszierung bloß einer flüchtigen Laune oder einer soliden Gewohnheit? konnte man also darauf rechnen, ihm künftig abermals auf dem heutigen Wege zu begegnen, oder nicht? Oder aber, hatte er vielleicht schon längere Zeit, wohl gar jahrelang, jeden Morgen und nur zu einer anderen Stunde, als der Fernseher von A...berg, aus jenem Fenster herausgeschaut? Denn »die Menschen lieben sich zu ungleichen Stunden«, sagt ein grundwahrer Spruch, der dadurch, daß er an jenem Tage noch nicht gedruckt war, gar nichts von seiner Wahrheit verliert.

Eine geheime Ahnung flüsterte der Pfarrerin zu, daß die letztere Hypothese die richtige sei, und mit gewohntem Scharfsinn machte sie ihren Mann auf die Fügung aufmerksam, durch welche ein Moment, das bis jetzt nur in der abstrakten, sich noch nicht objektiv gewordenen

Idee gelebt habe, in die von sich wissende und ihrer selbst gewisse Wirklichkeit umgeschlagen sei. Wenn sie sich zur Entwicklung ihrer Ansicht vielleicht auch nicht gerade unserer streng wissenschaftlichen Kategorien bediente, so hoffen wir doch den Sinn ihrer Worte annähernd genau wiedergegeben zu haben. Der Pfarrer hatte nämlich seine gewohnte Morgenandacht heute zur ungewohnten Zeit verrichtet, und zwar eine ganze Stunde später als sonst. Da die Ursache dieser Verspätung auch vom spitzfindigsten Leser wohl schwerlich erraten werden würde, so dürfte es nicht unpassend sein, einen kurzen Bericht darüber hier einzuflechten.

Das Pfarrhaus von A...berg hatte gestern die Ehre gehabt, den neuen Dekan auf seiner ersten Parochialvisitationsrundreise zu bewirten. Ein Wechsel im Amte des Obergeistlichen einer Diözese war und ist für sämtliche Pfarrhäuser derselben von höchster Wichtigkeit; denn kaum gibt es in der Welt ein diplomatischeres Verhältnis als das zwischen diesem Vormann und seiner ehrwürdigen Schar, die zugleich seine Pairs sind, ein Verhältnis, in welchem, wenn beiderseits ein harmonischer Gleichklang herrschen soll, *er* sich als *Primus inter Pares* akzentuieren, von *ihnen* aber als *inter Pares Primus* akzentuiert werden muß. Man urteile hiernach, wie schwierig es ist, dieses gegenseitige Modifikationsthema durch die vielen, oft so unmerklich kleinen Nuancen und Koloraturen des persönlichen Verkehrs hindurch zu variieren, und wie entscheidend es wirkt, wenn man gleich bei dem ersten Zusammensein den richtigen Ton zu treffen und mit jener anmutigen Leichtigkeit der Modulierung anzugeben versteht, die nur an einer einzigen Universität des protestantisch-gelehrten Europa erworben werden kann oder, damals wenigstens, erworben werden konnte.

Unser Pfarrer, dem außerordentlich viel daran lag, mit dem neuen Dekan von Anfang an in dasselbe herzliche Einvernehmen zu kommen, worin er mit dessen Amtsvorgänger gestanden war, schrieb gleich nach Empfang der Ankündigung des Visitationsbesuches einen Brief an seinen Nachbar, den Pfarrer von Sch....ingen, von dem er wußte, daß er ein Jugendfreund der noch unbekannten Größe war, und lud ihn dringend ein, dem Erwarteten Gesellschaft zu leisten, mit dem Ersuchen, womöglich etwas früher einzutreffen und ihm selbst über Charakter, Temperamentsqualitäten, Gemütsneigungen, Angewöhnungen, besonders jedoch über etwaige Eigenheiten des Fraglichen diensame Auskunft zu 100 geben oder, im Fall einer bedauerlichen Verhinderung, ihn über diese tuskulanischen Quästionen mit Wendung des Boten schriftlich aufzuklären.

Der Abgesandte kam mit einem Briefe zurück, worin der Nachbar unter Entschuldigung, daß er durch Familienangelegenheiten abgehalten sei, an dem bestimmten Tage zu kommen, den gewünschten Bescheid erteilte. Dekanus, schrieb er, sei ein sehr humaner Mann, unter Umständen sogar ein kordiales, ja, wenn *desipere in loco* statthaft, ein kreuzfideles Haus. Besondere Kennzeichen wisse er Dekano keine beizulegen, maßen selbiger in Amtssachen mit Gewissenhaftigkeit facil, in allen anderen Dingen aber absolut traktabel und demgemäß beim Traktament im eigentlichen Sinne des Worts, je nachdem Gott es beschieden, mit wenigem und auch mit vielem kontent sei. Übrigens habe er allerdings eine individuelle Eigenheit, eine sehr sonderbare, jedoch eine solche, mit deren Hilfe man sein ganzes Herz erobern könne. Er putze nämlich für sein Leben gern Lichter. Könne man daher, was ja in Betracht der schlechten Wege leicht zu bewerkstelligen, Dekanum über Nacht festhalten, und wolle man ihm Gelegenheit geben, abends das Licht oder vielmehr die Lichter fleißig zu putzen, so werde er ganz in seinem *Esse* sein.

Unser Pfarrer war nicht so einfältig, sich zum Opfer dieser plumpen Lüge zu machen, da er, wie alle Welt, seinen Amtsbruder von Sch...ingen als losen Vogel und Erzmystifikator kannte. Er wunderte sich nur, daß dem versatilen Kopfe in der Geschwindigkeit nichts besseres eingefallen sei. Aber gerade darum hieß er die Eulenspiegelei, von der er eine Probe halb und halb erwartet hatte, höchlich willkommen; denn sie bot ihm die gewünschte Form für die Begründung jener bereits bezeichneten höheren Umgangsweise, nämlich, in der Kunstsprache eines hierseits spezifischen Esprit zu reden, einen ausgezeichnet »schlechten Witz«, dessen Schuld und etwaiger Stachel sich von selbst auf einen andern ablud, und einen um so unschädlicheren, weil die jedenfalls lustige Lösung des Mißverständnisses nicht lang auf sich warten lassen konnte.

Der Pfarrer ging also mit Vergnügen in die Falle. Er stellte sich, als
101 ob er die Mystifikation von ganzem Herzen und von ganzer Seele glaubte, hielt es jedoch für geraten, die Pfarrerin, deren er sich zu seiner Operation zu bedienen gedachte, nicht in die Tiefe der Verwicklung

und auf den Boden seines Planes blicken zu lassen. Indem er ihr daher die theophrastische Charakteristik des Dekans mitteilte, verschwieg er, daß der Urheber derselben ein Duzfreund des Geschilderten sei, der sich etwas gegen diesen erlauben konnte, und brachte so die sonst gescheite Frau dahin, daß sie seinen scheinbaren Glauben in Wirklichkeit teilte. Hierdurch gewann er einerseits, daß sie ihre Rolle, die nicht durch heimliche Zweifel oder gar Gewissensbisse beeinträchtigt sein durfte, mit natürlichster Unbefangenheit spielte, und andererseits hielt er sich selbst für alle Fälle einigermaßen rückenfrei.

Die Visitation ging zur Zufriedenheit beider Teile vorüber. Nachdem die geschäftliche Seite des Besuchs erledigt war, legte der Dekan seine Amtsmiene ab, um der Frau Pfarrerin die Aufwartung zu machen. Trotz seiner Versicherung, daß er nur die Kirche und Schule, nicht aber die Küche zu visitieren gekommen sei, mußte er einem altehrwürdigen Brauch zufolge ihre Einladung zu Tische annehmen, und wie er sich in der Erfüllung dieser amtlichen Nebenpflicht befunden, das würde von dem ganzen Amtsbezirke für eine müßige Frage erklärt worden sein. Mit Gewandtheit wurde sodann die Tafelzeit verlängert, bis man erklären konnte, daß es einem Morde gleich zu achten wäre, wenn man den verehrten Gast bei schon sinkendem Abend die halsbrechende Felsensteige hinabfahren ließe. Nach langer und lebhafter Weigerung mußte er sich endlich in das Unvermeidliche fügen, und der Anblick des damastenen Tischtuches, das einen Schluß auf komfortables Bettzeug gestattete, stellte ihm sein Schicksal als ein höchst erträgliches dar. Der Pfarrer schlug zur Ausfüllung der Zwischenzeit einen kleinen romantischen Spaziergang vor und führte dann den Gast zum Abendimbiß zurück.

Der Dekan starrte verwundert in das Lichtermeer, das ihn hier empfing. Die Pfarrerin hatte aber auch nicht bloß ihren eigenen Leuchterschatz, der nicht klein war, in voller Heerschau aufgestellt, sondern auch sämtliche disponible Prachtstücke der Revierförsterin, ja selbst ein paar Antiquitäten von der Schulmeisterin – im Hause des Ortsvorstehers gab es nur autochthonische Ampeln – ins Feuer geführt. Zur Entfaltung aller dieser Schlachtreihen war es nötig gewesen, mehrere Tische zusammenzurücken. 102

Der Dekan unterdrückte ein Lächeln über die vermeintliche Geschmacklosigkeit, und man setzte sich. Während der Hauptschüsseln gönnte man ihm Ruhe; doch hatte er auch da schon in seinem angeblichen Lieblingsfache genug zu arbeiten, weil niemand der Kerzen in den beiden größten, fast Kandelabern zu vergleichenden Leuchtern, die vor seinem Platze standen, sich annahm und er als Mann von Erziehung sie fort und fort allein bedienen mußte. Die kurzen, scharfen, sicheren Bewegungen, womit er in dieser Verrichtung die Lichtputze handhabte, verrieten übrigens in der Tat eine gewisse Virtuosität, und der Pfarrer, der beständig in sich hineinlächelte, begann zu ahnen, daß der Charakteristiker denn doch vielleicht eine Art von schwacher Seite aufs Korn genommen haben könnte.

Mit dem Nachtisch eröffnete sich ein ganzer Sternenhimmel voll Beglückung für den Dekan. Die Pfarrerin manövrierte sehr geschickt, indem sie mitten in der lebhaftesten Unterhaltung zwischen die beiden Riesenleuchter die kleineren Kontingente einzudirigieren, die von dem dienstfertigen Gaste abgefertigten hinter die Schlachtordnung zu bringen und, alles in größter Geräuschlosigkeit, frische Truppen nachzuschieben verstand. Der Dekan hatte eine Zeitlang gar nichts zu tun, als Lichter zu putzen. Endlich aber wurde ihm das Ding zu arg, und da er nicht auf den Kopf gefallen war, so merkte er nachgerade, daß irgend eine verborgene Absicht dabei mit im Spiele sein müsse.

Verbindlich, doch mit etwas spitzem Tone, wendete er sich an den Pfarrer und bemerkte, die Frau Pfarrerin scheine ihm in symbolischer Weise über die Kirchenlichter der Diözese eine regulative Gewalt einräumen zu wollen, der er sich keineswegs gewachsen fühle. Der Pfarrer, in gutgespielter Verlegenheit und Unschuld, aber nicht ohne schlaues Augenzwinkern, erwiderte, seine Frau befasse sich sonst nicht mit Symbolik, im gegenwärtigen Falle aber, als Rationalist zu reden, dürfte sie vielleicht ihre Vernunft etwas zu sehr unter den Glauben an den Herrn Kollega in Sch....ingen gefangen genommen haben. »So, *der* Vokativus?« rief der Dekan, bereits einer Enthüllung gewärtig, »was hat der wieder für einen Trumpf ausgespielt?« Der Pfarrer setzte mit Glück seine Rolle als Unparteiischer fort und berichtete, wie seine Frau, angeblich ganz ohne sein Zutun und gegen seine bessere Überzeugung, von dem Erzschelm in den April geschickt worden sei.

103 Der Dekan brach in ein homerisches Gelächter aus, das er erst mäßigte, als er den Todesschrecken der Pfarrerin gewahrte, die sich zum erstenmal von ihrem Manne verlassen und verraten sah. Sie war wie

vom Donner gerührt. Da sie jedoch, durch einen geheimen Wink des Pfarrers verständigt, den klugen Ausweg ergriff, plötzlich in das Lachen der beiden Herren einzustimmen, so nahm solches einen neuen Aufschwung, und in glücklicher Stimmenmischung wurde ein rauschendes Lachterzett aufgeführt. Als die erschöpften Kräfte eine Pause forderten, erzählte der Dekan eine Reihe lustiger Streiche ähnlichen Schlages, die sein Freund während ihrer gemeinsamen Jugendjahre ausgeheckt hatte, und für jeden gab der Pfarrer ein Seitenstück aus dem neueren Leben desselben zum besten, so daß die Munterkeit immer wieder frische Nahrung erhielt. Alsdann bedurfte es nur von Zeit zu Zeit eines Blicks auf die Lichter, eines gegenseitigen Anschauens, und die Lachmusik ging mit erneuter Stärke fort. Der Pfarrer machte endlich den Vorschlag, noch zu dieser späten Stunde an den Missetäter ein *Citatur ad Magnificum* zu erlassen, und der Dekan erteilte wohlgelaunt der Maßregel seine Genehmigung.

Kaum war jedoch der Bote zum Haus hinaus, so klopfte es an der Türe, und der Delinquent trat herein. Er hatte den vermutlichen Erfolg seiner Anstifterei erlauert, sich schon von ferne an dem Lichterglanz des Pfarrhauses innigst erfreut und kam nun der vorausgesehenen Zitation zuvor. Sein Erscheinen erregte ungeheure Heiterkeit. Die Pfarrerin stellte sofort den Antrag, ihn für die ganze Dauer des Abends zum ausschließlich alleinigen Lichterputzen zu verurteilen, und der Dekan trat diesem Strafantrage bei, doch erst nachdem er eine ansehnliche Reduktion der aufgestellten Heeresmassen beantragt und durchgesetzt hatte. Hierauf bereitete die Pfarrerin einen Punsch, als in welchem Artikel sie weit und breit berühmt war.

Zuletzt, als dem Lachen der Nachlaß der Natur ein Ziel steckte, wurde der lustige Abend durch ein Tarok zu Drei, das Feinste für exquisite geistliche Spieler, gekrönt. Dieses Spiel wollte jedoch nicht ganz regelrecht zu Ende kommen; es scheiterte noch vor der gesetzten Zeit an vielfachen und allseitigen Verstößen, als da sind »Vergeben«, »Verzählen« und dergleichen mehr, und man brach es daher ab in freundlichem Einverständnis und mit der Verabredung, sich an einem gelegeneren Tage Revanche zu geben. Die Lichtputze war zuletzt in die Hand der Pfarrerin gewandert, nachdem der Dekan, der dem Sträfling bei 104 dessen zunehmender Ungeschicklichkeit den Dienst abgenommen, einmal um das andere mit allzu knapper Präzision das Licht, dem er seine Kunst widmen wollte, ausgelöscht hatte. Indessen verschmähte der Pfarrer von Sch....ingen das angebotene Nachtlager; er wollte sich nicht nachsagen lassen, daß er sich nicht habe nach Hause finden können. »Mit ihm oder auf ihm!« rief er mit einem spartanischen Gesichtsausdruck und donnerndem Gelächter. Um jedoch nur die erstere der beiden heroischen Chancen zuzulassen, beorderte die Pfarrerin den vorhin schnell zurückgerufenen Boten zu seiner Begleitung, und die Sage meldet nicht, daß ihm auf dem Heimwege irgend ein Abenteuer zugestoßen sei.

So harmlos gemütlich lebte die geistliche Welt in jener mythischen Zeit, da der Lebensmut noch nicht durch Ablösungsgesetze gedämpft, und das theologische Bewußtsein noch nicht durch Kirchentage, Pfarrgemeinderäte und so manches andere vom Zeitgeist getragene Compelle geschärft war. Und dies war der Grund, warum der Pfarrer von A...berg heute seinen Posten am Fenster eine ganze Stunde später als gewöhnlich eingenommen hatte. Wie leicht zu erachten, war der Dekan nicht so früh aus den Federn gekommen und zur Abreise fertig geworden, als er gestern bestellt; sodann hatte man beim Scheiden der wiederholten Zwerchfellerschütterung über den »köstlichen Spaß« noch eine gute Zeitfrist einräumen müssen, so daß es acht Uhr längst vorüber war, als der Gast endlich in sein Chaischen gelangte. Der Pfarrer begleitete ihn sorgfältig mit dem Tubus vom Fenster aus den Berg hinab, um wenigstens mitfühlender Augenzeuge zu sein, falls dem gebrechlichen Fuhrwerk auf der *Via mala* etwas Menschliches widerführe, und erst, als er es glücklich unten angelangt sah, ließ er seinen Butzengeiger die gewohnten luftigen Pfade wandeln, bei welcher Gelegenheit er die große Entdeckung machte, zu der wir nunmehr zurückkehren.

Ob die Pfarrerin, welche die erlittene Scharte durch einen Triumph ihres Scharfsinns auszuwetzen strebte, diese Gabe Gottes richtig angewendet hatte oder nicht, das mußte der folgende Tag entscheiden.

In der Nacht, die diesem Tage vorausging, taten Pfarrer und Pfarrerin vor Erwartung kein Auge zu.

Endlich graute der Morgen.

Punkt acht Uhr stand der Pfarrer, der auch das Überflüssige nicht versäumen wollte, auf seinem Posten, und zwar, wie er emphatisch bemerkte, »harrend ohne Schmerz und Klage, bis das Fenster klang«. Auch war ihm in der Tat Geduld vonnöten, denn er mußte die ganze

105

Stunde vergebens harren. Die Lerche, die auch an diesem Tage ihren Besuch wiederholte, blieb abermals unbeachtet und verschwebte endlich mißmutig im unendlichen Blau.

Erst um neun Uhr gesellte sich die Pfarrerin, ihrer Theorie gemäß, zu ihrem Manne, um seinen schon etwas erlahmenden Eifer wieder zu befeuern.

Und siehe da, nach kurzer Weile tat er einen hellen Freudenschrei.

Er sah den Unbekannten, wie gestern, an dem Fenster in der Gegend des baufälligen Türmchens erscheinen. Er sah, wie derselbe ein wenig mit seinem Tubus in der Welt umherschweifte, dann aber ihn gerade herauf richtete und, so zu sagen, gegen das Pfarrhaus von A...berg im Anschlage liegen blieb.

»Wedle, wedle!« rief er der Pfarrerin zu. Diese legte sich, weil sie keinen Raum neben ihm im Fenster hatte, mit dem ganzen Gewicht ihres Körpers auf seine rechte Schulter und wedelte mit dem bereit gehaltenen Schnupftuch, so weit sie nur konnte, in die Lüfte hinaus.

Vergebens, der Unbekannte nahm keine Notiz von dem Signal.

Der Pfarrer gab der Pfarrerin den Tubus, um ihn auf seiner Schulter aufzulegen und die Beobachtungsrolle zu übernehmen, während er selbst mit Hand und Tuch alle seine verfügbaren Kräfte aufbot, um endlich die Aufmerksamkeit des hartnäckigen Blinden zu erobern. Da diese heftigen Bewegungen die Obliegenheit der Pfarrerin wesentlich beeinträchtigten und zum Teil völlig paralysierten, so lief der Versuch nicht ohne kleine Ehedissidien ab, die sich jedoch immer friedlich lösten. Die beiden Gatten tauschten die Rollen wieder, aber was sie auch vornehmen mochten, um ihren Zweck zu erreichen, es blieb alles fruchtlos, und eine saure Stunde war verstrichen, als der Pfarrer mit einem tiefen Seufzer seinen Doppelgänger vom Fenster verschwinden sah.

Womöglich noch unzufriedener als *er* war sie, die ihre Hypothese in dem Augenblicke, da sie so glänzend bestätigt werden sollte, für zwecklos und jedes praktischen Wertes entkleidet erkennen mußte.

Daß dieser Tag im Pfarrhause von A...berg nicht so heiter wie der vorgestrige und nicht so bewegt wie der gestrige verlief, kann unter den angegebenen Umständen wohl keinem Zweifel unterliegen.

Am dritten Morgen, diesmal aber erst um neun Uhr, machte der Pfarrer seinen letzten Versuch. Den letzten: denn nicht bloß hatte er

106

geschworen, sich kein einziges Mal ferner narren zu lassen – o daß ein freundlich Geschick dieses Gelübde begünstigt hätte! – sondern auch die Witterung schien, für einige Zeit wenigstens, mit seinem Vorsatz im Einverständnis zu sein, und der April begann ein so launisches Gesicht zu machen, daß man dem Fernrohr kaum für heute, geschweige noch für morgen, eine ungestörte Entfaltung seiner Tätigkeit prophezeien konnte. Auch hatte sich ein ungestümer Wind erhoben, der jedoch die von dem Pfarrer trotz seiner Hoffnungslosigkeit getroffenen Anstalten kräftig unterstützte. Denn als der sonderbare Gegenäugler auch heute wieder der Pfarrerin die Ehre erwies, die habituelle Leidenschaft zu zeigen, die sie von Anfang an bei ihm vermutet hatte, so flogen zwölf aneinander gebundene Taschentücher in die Lüfte, einen flatternden Baldachin über dem Pfarrer und seinem Tubus bildend, und ein Stockwerk höher wehte ein großes Leintuch, mit welchem die Pfarrmagd an das Dachfenster postiert worden war. Die Lerche glänzte an diesem Morgen durch ihre Abwesenheit: ob aus gekränkter Freundschaft oder Windes und Wetters halber, wagen wir nicht zu entscheiden.

»Victoria!« rief da der Pfarrer auf einmal aus; denn er glaubte bei dem Unbekannten eine kleine Wendung des Instruments und dann in seinem Gesicht einen Ausdruck des Stutzens und der Neugier wahrgenommen zu haben. Mit geflügelten Worten hieß er die Magd ihr Topsegel reffen und die Frau ihre Tränenflagge einziehen, die jedoch, von dem umspringenden Winde wie eine Schlange umhergewirbelt, sich an einem Haken verfangen hatte und vorderhand in der Geschwindigkeit ihrem Schicksal überlassen werden mußte. Die Pfarrerin gebrauchte ihre nunmehr frei gewordenen Hände, um rechts und links vom Pfarrer nach der Richtung seines Tubus hin zu winken. Über diesem Bestreben wurde er bedeutend gequetscht und vermochte nicht alles und jegliches Stöhnen zu unterdrücken, aber als standhafter Märtyrer ermahnte er sie, seiner Ungemächlichkeit nicht zu achten und mit ihren Signalen fortzufahren. Er selbst, so oft und so lang er eine Hand vom Tubus entfernen konnte, bediente sich derselben, um gleichfalls zu winken, auch mit dem Finger abwechselnd bald auf das Werkzeug, bald auf den Gegenstand der Entdeckung zu zeigen und letzterem hierdurch anzudeuten, wen und was dieses vehemente Salutieren betreffe.

107

Solcher Aufwand von Zeichen und Kundgebungen durfte nicht unbelohnt bleiben, und es ereignete sich, was der Pfarrer während des Schauens in raschen Mitteilungen seiner Frau berichtete. Der Doppelgänger erkannte, daß die endlich zu seiner Wahrnehmung gelangten Ferngrüße ihm galten. Überrascht erwiderte er die Aufmerksamkeit mit einer Verbeugung, wobei er zugleich in nicht uneleganter Manier den Tubus senkte, gerade wie der Offizier den Degen oder der Wagenlenker von Welt die Peitsche salutierend senkt. Aber gleichbald schien er eingesehen zu haben, daß diese Courtoisie die eingegangenen optischen Beziehungen aufrecht zu erhalten nicht besonders geeignet sei. Er erhob daher schnell sein Instrument zu der früheren Lage, indem er sich bemühte, gleich seinem Entdecker den Händen eine Arbeitsteilung anzuweisen und mit der einen zu winken, während die andere den Tubus hielt.

»O weh!« rief der Pfarrer von A...berg und unterrichtete sofort seine Frau über die Ursache dieser schmerzlichen Interjektion. Dem andern war, sei es nun, daß das Instrument zu schwer oder die Hand zu schwach war, der Tubus entfallen! Mitten in der besten Freude alle Freude, für immer vielleicht, verdorben! Die Pfarrerin schrie laut vor Schreck und Jammer auf.

Der Pfarrer war unwillkürlich mit weit auslangendem Blick dem verunglückten Instrumente gefolgt, als ob er es im Sturz aufhalten müßte und könnte. Auch schien er in der Tat mit seiner Sympathie dem Tubus ein guter Engel gewesen zu sein; denn er sah den Oberteil desselben über das schon geschilderte Mäuerchen hervorragen und sogar, wunderbarerweise! sich weiterbewegen. Die Bewegung ging sodann aufwärts, indem mit dem Tubus ein Kübel und unter dem Kübel eine weibliche Figur zum Vorschein kam. Alle drei schwebten an der Seite des Hauses eine von dem Beobachter bis jetzt übersehene dunkle Linie empor, in welcher er nun mit der äußersten Anstrengung seiner Sehkraft eine Stiege erkannte, dergleichen an den Bauernhäusern außen angebracht sind. Aus dem Schwanken des nur teilweise sichtbaren Tubus war mit ziemlicher Wahrscheinlichkeit zu erraten, daß derselbe zum Glück in einen eben vorbeigetragenen Kübel Wasser gefallen und hierdurch dem Verderben, dem gänzlichen wenigstens, entgangen war.

Aber war er auch völlig unbeschädigt geblieben? Hatte er nicht so weit Not gelitten, um die unverzügliche Fortsetzung des so glücklich eröffneten Augendialogs zu vereiteln? Die Spannung des Pfarrers und der Pfarrerin wuchs von Sekunde zu Sekunde.

Jetzt trat auch der Inhaber des Tubus in den Schatten der dunkeln Linie und nahm sein Instrument aus dem Kübel in Empfang. Bald stand er wieder am Fenster, mit Putzen, Untersuchen, Herstellen und Richten des Fernrohrs beschäftigt. Darauf griff er weit hinaus, zog einen Gegenstand herbei, worin sich eine an der Wand des Hauses lehnende, bis in das Fenster ragende Baumstütze zu erkennen gab, legte den Tubus bequem in die Gabel derselben und nahm die unterbrochene Zwiesprache wieder auf.

Der Pfarrer von A...berg ahmte das gegebene Beispiel nach, sofern er sich von seiner Frau im Halten des Fernrohrs unterstützen ließ, und machte mit der ledigen Hand allerlei phantastische Gestikulationen, durch welche er anzufragen beabsichtigte, ob die Gefahr ohne Schaden abgelaufen sei. Sein Gegenüber schien die Frage zu verstehen, denn er sah eine Weile neben dem Tubus hervor, deutete durch vergnügtes Nicken an, daß derselbe keine Not gelitten habe, und schaute dann wieder eifrig hinein. Ein gegenseitiges jubelvolles Händeschütteln erfolgte, zum Zeichen und zur Feier, daß die raumbeherrschende Verbindung der beiden Fenster nunmehr vollständig ins Leben gerufen sei.

Im gleichen Augenblicke jedoch begann es durch die Luft zu flirren und zu rieseln, der Himmel verdunkelte sich, und ein schwerer Wolkenvorhang schied den Doppelschauplatz des noch im ersten Akt begriffenen vielversprechenden Dramas in seine entlegenen, einander plötzlich unsichtbaren Hälften.

Indessen fühlte sich unser Pfarrer durch diese etwas unzeitige Störung keineswegs entmutigt. Die Bahn war ja gebrochen, und am nächsten hellen Morgen konnte, darüber gab es keinen Zweifel mehr, der zweite Akt des optischen Dioskurenspiels in Szene gehen. Heiter gestimmt, setzte er sich an den Schreibtisch und schrieb seinem in Pension gegebenen Sohne Wilhelm einen langen Brief, worin er ihm die soeben erlebte wunderbare Begebenheit berichtete, mit dem Versprechen, ihm, sobald die Stillung seiner eigenen brennenden Neugier es gestatte, mitzuteilen, wer der Mann sei, der, mit der gewiß nicht bäurischen Liebhaberei des Fernesehens behaftet, in einem Bauernhause wohne.

109 Am folgenden Tage, der Regen und Schnee in lebhafter, dem toten Einerlei vorzuziehender Abwechslung brachte, griff er abermals zur

Feder, um den Pfarrer des mutmaßlichen Orts, den er erspäht hatte, um die gewünschte Aufklärung anzugehen. An dem hängenden Turme von Pisa, schrieb er, und seinen »narbenvollen Zügen« (Phrase aus einer bekannten Elegie) glaube er unwiderleglich das Dorf Y...burg erkannt zu haben. Das fragliche Häuschen selbst, setzte er vorsichtig für alle Fälle hinzu, befinde sich in einer der Beobachtung nicht ganz günstigen Lage, indem es durch verschiedene Gegenstände dem Fernrohr etwas minder zugänglich gemacht sei; indessen sei der Bewohner desselben durch den Charakter der wahrgenommenen Beschäftigung als Mann von wissenschaftlicher Bildung nachgewiesen und festgestellt. Da nun, schloß er, ein *Pastor loci* in geistlichen nicht nur, sondern überhaupt in allen geistigen Angelegenheiten das Faktotum seiner Gemeinde sei, so richte er an den Herrn Kollega die vertrauensvolle Bitte, den interessanten Unbekannten zu erkunden und seiner herzinnigen Freude über die auf so beispiellose Weise gemachte Bekanntschaft zu versichern, für sich selbst aber die wahre amtsbrüderliche Hochachtung zu genehmigen, womit er im voraus dankend verharre usf.

Schon den nächsten Abend brachte der Bote, den die Pfarrerin zur Vervollständigung ihrer Hausapotheke abgesendet hatte, nebst dem bestellten Melissenöl einen Brief, der, als er eröffnet wurde, die Unterschrift des Pfarrers von Y...burg trug. Dieser Brief war und konnte noch keine Antwort auf das soeben erst erlassene Schreiben sein, sondern er führte, man denke sich zu welcher Überraschung des Empfängers! den genannten Pfarrer selbst als den gesuchten Doppelgänger ein, der seinerseits gleichfalls und gleichzeitig die Initiative ergriffen hatte. Auch er drückte großes Vergnügen über das optische *Pas de deux*, wie er es nannte, aus. Mit wem er dasselbe aufzuführen die Ehre gehabt habe, schrieb er, brauche er nicht zu fragen, denn jedermann wisse ja, daß das in die Lande glänzende Schlößchen neben dem mit blauen Ziegeln ausgelegten Kirchturme das Pfarrhaus von A...berg sei. Er müsse eigentlich um Verzeihung bitten, daß er seit fünfzehn Jahren, denn so weit datieren seine täglichen Okularreisen zurück, an diesem der Beachtung so würdigen Hause gewissermaßen vorbeigesehen habe. Allein seine Aufmerksamkeit sei stets durch einen nahgelegenen Felsen in Anspruch genommen worden, dessen höchst singuläre Formation, darstellend einen Kopf mit vorspringender Nase von scharfem Schnitt und einen aus dem Rumpfe der Gesteinsmasse hervorwachsenden, aufwärts wider die Nase anstrebenden Finger, auffallend eine alte Universitätserinnerung, deren der Herr Kollega wohl auch noch eingedenk sein werde, vergegenwärtige. Er schloß mit dem Wunsche, zu erfahren, ob das plastische Gebilde in der Nähe den gleichen naturwahren Eindruck mache, der ihn jeden Morgen aus der Entfernung labe.

Die beiden Briefe hatten sich gekreuzt.

Der Pfarrer von A...berg verfügte sich zur Stunde, ungeachtet des strömenden Regens, zu dem nach allen Anforderungen der Ortsbestimmung genau bezeichneten Felsen und antwortete umgehend, so lebhaft auch in ihm die angedeutete Erinnerung schon bei dem ersten Worte wieder aufgegangen sei, so habe er doch in der Nähe keine Idee von einer Ähnlichkeit finden können, freue sich aber nur um so mehr, zu vernehmen, daß er unter seiner Felsengarde eine so unvergeßliche Gestalt besitze. Indem er jedoch fortfahren wollte, empfand er eine nicht geringe Verlegenheit im Gedanken, daß das Häuschen, das er der ganzen Sachlage nach jetzt als das Pfarrhaus von Y...burg anerkennen mußte, in seinem gestrigen Briefe, wenn auch mit vieler Schonung berührt, so doch mehr mit Schatten- als Lichttönen behandelt war. Er entschuldigte sich mit der weiten Entfernung desselben von dem Türmchen, die ihn nicht habe ahnen lassen, daß es mit der Kirche in näherem und nächstem Grade verwandt sei. Um jedoch über diesen kitzlichen und ihm vorerst unerklärlichen Punkt rasch wegzukommen, unterbrach er die Erörterung durch die in seinem ersten Briefe zu stellen vergessene Frage, ob der Tubus wirklich in einen Kübel mit Wasser gefallen sei, und verweilte zum Schlusse auf dem Ausdruck seines freudigen Hochgefühls, in den beiden Individuen, zwischen welchen er gestern seine Gesinnungen teilen zu müssen geglaubt, ein einziges gefunden zu haben, dazu einen Standesgenossen, der somit gebeten werde, dieselben doppelt für einfach gutzuschreiben. Ein kaufmännischer Zug, der in Familienverbindungen des Briefschreibers begründet war.

Die Briefe kreuzten sich abermals.

Der Pfarrer von Y...burg antwortete dem Pfarrer von A...berg auf dessen erste Anfrage, die Identität seines Ich und Nicht-Ich, die dem Herrn Kollega eine Neuigkeit gewesen sein werde, wolle freilich auch
111 ihm selbst mitunter beinahe zweifelhaft erscheinen. Derselbe würde ihn mit bloßen Augen noch ungünstiger situiert finden, als durch das

Fernglas; denn seine Behausung (dies auf den Fühler) sei eine Hütte »still und ländlich«, nämlich ein veritables Bauernhaus. Seit seinem Amtsantritt lasse ihn die Oberkirchenbehörde in dieser Baracke schmachten, deren Umgebung zudem so beschaffen sei, daß er bei schlechtem Wetter den weiten Weg zur Kirche nur in hohen Stiefeln, einer Art von Kotgondeln, durchsegeln könne. Folgten bittere Bemerkungen und Ausfälle, bei deren Lesung den Pfarrer von A...berg eine Gänsehaut überlief, jedoch nicht ohne einen gewissen Wonneschauer; denn welcher Pfarrer hätte nicht zuweilen eine Klage über das Konsistorium auf dem Herzen und fühlte nicht bei dem Naturlaut einer gleichgestimmten Seele dieses in solchem Falle von Mitverantwortlichkeit freie Herz erleichtert?

Er schrieb einen teilnehmenden und zugleich begütigenden Brief, in so durchdachten Wendungen, daß derselbe ein Kunstwerk genannt werden durfte. Gleich darauf kam aus Y...burg die Antwort auf sein zweites Schreiben, mit der Bestätigung, daß der geschmeidige Tubus richtig in einen dem Hause zu wandelnden Wasserkübel gefallen sei und, eine leichte Verstauchung am Metall abgerechnet, keine Verletzung davongetragen habe. »Ein merkwürdiges Beispiel von Rettung durch Schwimmen!« hatte der Pfarrer von Y...burg hinzugefügt.

Zum drittenmal hatten die Briefe sich gekreuzt.

Glücklicherweise fiel jetzt bessere Witterung ein, und es schlug die Stunde des Wiedersehens. Da bezog der Pfarrer von A...berg seinen Posten mit einem mächtigen Briefe in der Hand, auf den ein beinahe tellergroßes Siegel gedruckt war. Er hielt ihn hoch und holte mit einer kühnen Bewegung aus, als ob er ihn geradewegs in einem Schwung über Hügel und Täler dem ebenfalls präsenten Gegenseher zuschleudern wollte, der auch alsbald die Hand ausstreckte, wie um den Brief aufzufangen. Er aber zog den Brief zurück und steckte ihn in die Botentasche, die seine Frau neben ihm zum Fenster herausbot, worauf er mit einer Handbewegung andeutete, daß der Brief nunmehr ungesäumt seiner Bestimmung entgegengehen werde.

Der Pfarrer von Y...burg telegraphierte sogleich zurück, daß ihm der Rebus vollkommen klar gewesen sei. Er verließ das Fenster auf einen Augenblick und kam sofort wieder mit einem symbolischen Blatt Papier, das er, nachdem er es gleichfalls in die Höhe gehalten hatte, langsam in seiner Brusttasche begrub. Hiedurch versinnlichte er die Erwiderung,

112

daß er seinerseits mit Absendung eines Briefes zuwarten wolle, bis er den soeben signalisierten in Empfang genommen haben würde.

Der auf diese Weise telegrammatisch geregelte Briefwechsel wurde nunmehr mit großer Lebhaftigkeit fortgeführt, und die zierlichen Einfälle des Pfarrers von A...berg wie die kaustischen Auslassungen des Pfarrers von Y...burg gaben auf beiden Seiten eine immer frisch sprudelnde Quelle des Vergnügens ab. Man verabredete nach und nach eine Zeichensprache, in der man sich an jedem günstigen Morgen unterhielt und deren Lücken nachher durch den schriftlichen Verkehr ausgefüllt wurden. Eine lange Kontroverse entspann sich von Anfang an über die Entfernung der beiden Standpunkte, wobei es sich zugleich um die Güte der beiden Fernröhre handelte. Bei der Hartnäckigkeit des Pfarrers von A...berg, der *in majorem gloriam* seines Butzengeigers die gerade Linie so viel als möglich zu verlängern suchte, konnte man sich nicht völlig vereinigen; doch näherten sich die Ansichten einander zuletzt bis auf die Distanz einer halben Stunde.

Die Freundschaft, die sich auf so ungewöhnlichem Wege entsponnen hatte, wurde immer inniger, und besonders der Pfarrer von A...berg hätte nicht mehr ohne dieses Verhältnis leben zu können geglaubt. Die Vertraulichkeit seiner Mitteilungen stieg von Brief zu Briefe. Er versäumte nicht, seine Frau »als unbekannt« sich empfehlen zu lassen, worauf auch die Pfarrerin von Y...burg, der er sich selbst in gleicher Eigenschaft zu Füßen legte, in den Austausch der freundschaftlichen Gefühle und Gesinnungen gezogen wurde.

Im Verfolge seiner Herzensergüsse vertraute er dem Freunde, sein aus mehrjährig kinderloser Ehe geborner einziger Sohn Wilhelm, dem geistlichen Stande gewidmet, werde auf den Herbst das Landexamen in dritter Instanz mitmachen; und obgleich er sich anstellte, als ob er wegen des Ausgangs der Prüfung in tausend Ängsten wäre, so tat er dies doch in so scherzhaften Ausdrücken, daß deutlich der Vaterstolz durchschimmerte, der alle diese Besorgnisse nichtig hieß. Der Pfarrer von Y...burg antwortete darauf, vermöge einer sonderbaren Verkettung der Umstände werde sein Schlingel Eduard zu gleicher Zeit auf derselben Wage gewogen und in demselben Siebe gesiebt werden, des
113
einer wohlberechneten Sonnenfinsternis gleichenden Schicksals gewärtig, zu leicht erfunden zu werden und dennoch trotz dieses Gewichtsmangels mit einer Geschwindigkeit von fünfzehn Pariser Fuß auf die Sekunde

durchzufallen. »Bei Philippi also sehen wir uns wieder,« schloß der Brief.

Welche Wonne für den Pfarrer von A...berg, der die sinistre Prophezeiung für ebensowenig ernstlich gemeint hielt, wie die seinige! Und wie wenig ahnte er, daß er mit der Eröffnung der Aussicht auf ein persönliches Zusammentreffen – denn gingen die Söhne ins Landexamen, so verstand es sich von selbst, daß die Väter sie begleiteten – den ersten Nagel in den Sarg der neuen Freundschaft geschlagen hatte! Um uns über dieses psychologische Geheimnis klar zu werden, müssen wir uns, nicht eben gerne, von A...berg nach Y...burg hinab versetzen.

Der Pfarrer von Y...burg war ein dunkler Charakter.

Nach einer heiter verlebten Universitätszeit, während welcher er den Musen und Grazien geopfert, und einem beneidenswerten Bildungsjahre, das er als Hofmeister in den günstigsten Verhältnissen und zum Teil auf Reisen zugebracht, hatte er, da sich eine seinen höheren Ansprüchen genügende Versorgung für den Augenblick nicht finden wollte, einen Winkel der Heimat, den ihm nicht leicht jemand streitig machte, zu seinem Herde gewählt, um eine jener frühen Brautschaften, die der theologischen Laufbahn vorzugsweise anzukleben scheinen, wenn auch längst nicht mehr im ersten Grün, so doch nicht ganz als dürres Heu unter Dach und Fach zu bringen.

»Bumps, da hat der Herr eine Pfarre!« sagte Friedrich Wilhelm I., wie erzählt wird, zu dem Kandidaten, der ihm mit den Worten »Bumps, da hat der Herr Feuer!« die Tabakspfeife angezündet hatte. Fast ebenso prompt ging es bei der Vergebung des Pfarrdienstes von Y...burg her, aber er war auch darnach. Eine vormals adelige Niederlassung, aus zusammengelaufenen Leuten gebildet, um die Einkünfte der Grundherrschaft durch Schutzgelder zu erhöhen, war das zerstreut liegende Dörfchen in den Besitz des Staates gekommen, der es unter strengere Aufsicht nahm, ohne seinen Zustand fühlbar verbessern zu können. Die Markung war die kleinste, die sich von einer Gemeinde denken läßt, dazu schlechter Grund und Boden, meist in Einbuchtungen von Hügelzügen eingeklemmt.

Wohl konnte man diesen Aufenthalt einen abgelegenen Winkel nennen, denn keine Straße berührte ihn, und die Wege waren trostlos. 114
In geringer Entfernung freilich umgab ihn lachende Ebene, blühender Wohlstand, »rings umher schöne grüne Weide«, wodurch indessen,

wie begreiflich, die Traurigkeit der Einöde nur verstärkt wurde. Daß die Besoldung mit der ganzen Beschaffenheit dieses Pfarrdienstes in Einklang war, braucht wohl kaum bemerkt zu werden.

Die beiden Pfarrer von A...berg und Y...burg – daß Familienrücksichten uns von einer deutlicheren Nennung der Namen abhalten, wird der Leser längst ein- und nachgesehen haben – waren somit ziemlich ähnlich gestellt, nur mit dem großen Unterschiede, daß jener etwas zuzusetzen hatte und dieser nicht. Doch fühlte er in den Honigmonaten der Ehe den Druck der Armut wenig; er lebte seiner Liebe und fand, wie der Jüngling am Bache, daß für ein glücklich liebend Paar Raum in der kleinsten Hütte sei. Denn viel mehr als eine solche war das Pfarrhaus von Y...burg nicht, und nicht mit Unrecht mochte man es einem Bauernhause vergleichen, obwohl, wenn man der Wahrheit die Ehre geben wollte, die Freitreppe etwas breiter war und im Innern noch eine zweite, allerdings enge Stiege nach einem kleinen Oberstübchen führte.

Die Geburt eines Sohnes, den er auf die Bitte seiner Gattin nach seinem eigenen Namen Eduard taufte, erhöhte für einen Augenblick sein Glück; aber mit ihr zugleich begann auch eine Reihe von Enttäuschungen und Ernüchterungen, die, wie immer sie auch gestaltet sein mochten, doch alle von der Grundlage ausgingen, daß das Einkommen nicht mehr reichte. Schon bei der Geburt des zweiten Kindes, einer Tochter, ließ sich der Humor des Pfarrers so scharf und schartig an. daß er sie Kunigunde taufte, bloß um das Spottlied »Eduard und Kunigunde« in seiner Familie verkörpert zu besitzen.

Die Hoffnung, seinen Anfangsdienst mit einem besseren zu vertauschen, schlug zu wiederholten Malen fehl, so daß er ihr zuletzt entsagte. Finsterer Mißmut bemächtigte sich seiner Seele, er zerfiel mit der ganzen Welt wie mit sich selbst, die Quellen seines Gemüts versiegten. Innerlich versauert, äußerlich verbauert, hatte er nur seinen Humor noch übrig behalten, der aber über der Vergleichung einstiger Lebensaussichten und jetzigen Entbehrens bis zur Ungenießbarkeit herb geworden war.

Wenn die physiologische Lehre Grund hat, daß von dem, was der Mensch zu sich nimmt, seine geistigen Ausflüsse bis zu einem nicht unbedeutenden Grade bedingt sind, so kann uns diese Ungenießbarkeit nicht wundernehmen. Der Pfarrer von Y...burg pflegte sich sein Bier

115

selbst zu brauen. Er verwendete hiezu den schlechtesten Teil vom Fruchtzehnten, nämlich eine mit Schwindelhafer sehr reichlich vermischte magere Gerste, die ihm seine Frau gerne überließ, weil die Kinder schon mehrmals davon erkrankt waren, und statt des Hopfens nahm er die Spitzen von Weidenschößlingen. Diesen Trank, dem es weder an Narkose noch an Bitterkeit gebrach, nannte er mit schneidendem Hohne, auf die Worte des Tacitus anspielend, welchem das Bier der Deutschen ein »*humor in quandam similitudinem vini corruptus*« ist, sein »Korruptionsgesöff«.

Noch abschreckender als die flüssige Einfuhr war der feste Import, der, wenn ein sonst nur im uneigentlichen Sinn gebrauchter Ausdruck hier zulässig ist, seinen Hauptnahrungszweig ausmachte. Einige Familien des Orts, die nur Wiesen und keine Äcker besaßen, verfertigten eine Art Backsteinkäse von sehr untergeordneter Qualität, womit sie in der Nachbarschaft Handel trieben und wovon sie, in Ermanglung des Getreides, den Zehnten an das Pfarrhaus ablieferten. Diesen Käsezehnten hatte der Pfarrer, der mit der Küche seiner Frau auf gespanntem Fuße stand, für sich in Beschlag genommen und das Produkt zu einer Veredlung, wie er behauptete, gebracht, die aber von Tacitus sicherlich mit einer abschätzigeren Bezeichnung belegt worden wäre, als das braukünstlerische Verfahren unserer germanischen Vorvordern.

Seiner düsteren Sinnesart gemäß liebte er es vor allem, dunkle Taten und peinliche Seelengemälde zu lesen, wie sie vornehmlich in Kriminalgeschichten sich finden. In einer derselben stieß ihm ein *casus tragicus* von sonderbarer Gattung auf, darin bestehend, daß in einer großen norddeutschen Stadt ein Freund den andern, ohne ihm gram geworden zu sein, in bloßer Trunkenheit, mit einem Heringsbratspieß erstach.

Über dieser Lektüre erwachte in ihm die Erinnerung, daß er selbst jeweils im Norden unseres Vaterlandes, wo diese Speise beliebt ist, gebratene Heringe gegessen und nicht eben unschmackhaft befunden hatte. In seinen damaligen Verhältnissen hatte er auf dieses populäre Gericht vornehm herabsehen können: in seinen jetzigen wäre es ein Leckerbissen, ein Luxusartikel für ihn gewesen. Da ihm nun aber diese nicht erlaubten, Heringe überhaupt und irgendwie, im gewöhnlichen oder marinierten oder gebratenen Zustande, zu genießen, so erfand er für die letztere Bereitungsweise ein Surrogat, indem er auf den Einfall geriet, seine Käse zu braten. Zu diesem Ende machte er sich eine alte

116

abgebrochene Klinge vom Universitätsfechtboden her zurecht, gebrauchte sie als Bratspieß und sprach fortan die unerschütterliche Überzeugung aus, daß der Käse durch diese norddeutsche Behandlung nicht bloß wohlschmeckender, sondern auch nahrhafter werde. Jedenfalls erreichte er dadurch zweierlei: einmal gönnten Frau und Kinder, die das Kunsterzeugnis zu pikant fanden, um es hinunterzubringen, ihm den ganzen Vorrat unverkürzt, und dann hielt der entsetzlich muffige Geruch, der jahraus jahrein im Hause herrschte, alle und jede Besuche fern.

Mit seinem korrumpierten Schwindelhaferweine begehrte gleichfalls niemand bewirtet zu werden; und so saß er Abend für Abend im oberen Stübchen, seinen Käsebraten verdauend, einsam hinter seinem Kruge und rauchte dazu seine gleichfalls selbstbereitete Hanfzigarre, mit Lesen von Kriminalgeschichten beschäftigt, oder auch in dumpfem Brüten, das er nur zuweilen durch ein grimmiges Auflachen unterbrach.

Aus diesen wenigen Konturen mag man sich das Charakterbild des Mannes vervollständigen, das in ausgeführter Schilderung wohl kaum zu erschöpfen sein möchte. Denn leider, wo viel Schatten, da drängt sich eine effektvollere Färbung dem Pinsel entgegen, während, wo das Licht vorherrscht, das Gemälde freundlich, aber eintönig wird. Nichtsdestoweniger sehnen wir uns hinweg von der düsteren Skizze, auf die wir uns beschränken zu müssen geglaubt haben. Tag muß es sein, wo unsere Sterne strahlen – so würden wir gerne ausrufen, wenn diese Erscheinung anders als bei einer totalen Sonnenfinsternis möglich wäre. Wir aber lieben das Helle und gehen, so viel an uns ist, den sonnigeren Spuren des menschlichen Gemüts und Daseins nach, auch auf die Gefahr hin, daß dürftigere Farben unserer Palette entfließen.

Allein uns leitet noch ein anderes Motiv bei der Verzichtleistung, die wir uns auferlegt haben: das Gefühl, berufeneren Federn nicht vorgreifen zu wollen. Wir vernehmen aus sicherer Quelle, daß einer berühmten Sammlung merkwürdiger Pfarrhäuser eine zweite von anderer Hand demnächst zur Seite, ja mit ihr in die Arena treten und daß 117 darin der Charakter, an dessen Schattenriß wir uns nur schüchtern gewagt haben, unter dem Titel: »*Der gebratene Backsteinkäsepfarrer*«, lebensgroß und lebenswahr gezeichnet, vorgeführt werden wird. Auf dieses Werk, vor welchem wir nach Gebühr zurücktreten, wollen wir hiermit voraus verwiesen haben.

Inzwischen sehen wir uns gleichwohl genötigt, bei dem unerfreulichen Bilde, von dem wir so sehr uns loszureißen wünschten, noch ein wenig zu verweilen. Haben wir uns ja doch noch nicht der Pflicht entledigt, zu erklären, wie der Pfarrer von Y...burg, angesichts der Umstände, in denen wir ihn gefunden haben, zum Besitze eines Tubus gekommen war, der nicht bloß, was wir bereits wissen, aus edlerem Stoffe bestand als der schlichte Butzengeiger seines bemittelten Entdeckers, sondern, wie wir hinzufügen können, in der Tat und Wirklichkeit zu den schönsten und ausgezeichnetsten seiner Art gehörte. Ach, und auch dies war eine, ja es war die letzte und höchste von den Bitterkeiten des Schicksals gewesen, das ihn noch einmal mit einer tauben Blüte der Hoffnung gehöhnt und dann ohne Hoffnung, ohne Glauben, ohne Liebe, auf kahlem Lebenspfade weitergestoßen hatte.

Der niederschlagenden Begebenheit, auf die wir hier anspielen, gerecht zu werden, schreiten wir um fünfzehn Jahre rückwärts, wobei wir jedoch, unserem Plane treu, die Form des flüchtigen Umrisses nicht zu verlassen gedenken.

Es war an einem stürmischen, nachtrabenschwarzen Herbstabend zu später Stunde, daß das Pfarrhaus von Y...burg in der Person des Erbprinzen von ***, der, aus Italien an das Krankenbette seines Vaters heimeilend, durch einen ungeschickten Postillion von der gebahnten Straße auf die verhängnisvolle Y...burger Markung abgeführt und in einem nahen Hohlweg umgeworfen worden war, einen höchst unerwarteten Gast erhielt. Der Pfarrer, der damals bereits jeden Gedanken an ein Vorwärtskommen auf gewöhnlichem Wege aufgegeben hatte, begrüßte in dem hohen Obdachsuchenden eine himmlische Erscheinung, ein Werkzeug des Glücks. Er bot seine halbe Gemeinde auf und verpfändete seinen ganzen Zehnten, um aus einem Umkreise von mehreren Stunden die ausgesuchtesten Speisen und Getränke nebst anderen zweckmäßigen Bewirtungsrequisiten jeder Art herbeischaffen zu lassen.

Mittlerweile stellte er alle noch vorrätigen Schätze seines Geistes aus, um den fürstlichen Gast würdig zu unterhalten. Durch seinen Aufenthalt [118] in den nördlichen Staaten Deutschlands mit der Residenz desselben und ihren Verhältnissen einigermaßen bekannt, zog er die dortigen Beziehungen, wie sie ihm beifielen, eine nach der anderen ins Gespräch, und die Gewandtheit, mit der er dies tat, erfüllte ihn selbst, den so lange von der Welt Abgeschiedenen, innerlich mit Erstaunen, besonders im Gegensatze zu seiner Frau, die gleichsam nur in halber Lebensgröße umherging, da sie vor ehrfurchtsvollem Schrecken beständig wie in den Boden gesunken war.

Er sah sich bereits in *** auf weithin sichtbarem Posten angestellt, ein Monument der Blindheit seiner engeren Heimat, die eine ihrer besten Kräfte nicht zu schätzen gewußt. Die schon halb eingerostete Technik seines einst so beweglichen Kopfes kam immer besser in Gang – er sprühte – sprühte vielleicht etwas zu stark für einen ermüdeten und von dem erlittenen Unfall noch angegriffenen Reisenden, der nicht bloß Fürst, sondern auch Mensch war und zuletzt mit melancholischer Energie zu Bette verlangte, so daß das Geistesfeuerwerk seines Wirtes, der ihn nicht länger aufzuhalten vermochte, noch vor Anwendung der zündendsten Effekte unterbrochen wurde. Die Verzweiflung desselben, dem hohen Gaste ein schlechtes Nachtlager anweisen zu müssen, während modernste Matratzen, gesteppte Decken, französische Teppiche, um schweres Geld und die besten Worte aus einem berühmten Gasthofe der Umgegend gemietet, im Anzuge waren – ihn ungegessen zu Bett zu schicken, während ein pfarrhäuslicher Nahrungsstand für Monate zu einem einzigen Souper homöopathisiert herangeflogen kam – mit Worten ist diese Verzweiflung nicht zu schildern.

Aber auch dem Prinzen, dem ohnehin nicht auf Rosen gebettet war, folgte die Strafe für seine Ungeduld auf dem Fuße nach; denn kaum mochte Se. Hoheit eine Stunde zu ruhen geruht haben, so war es mit der Nachtruhe gänzlich vorbei. Der erste Vortrab der Lieferungsemissäre erschien, von Viertelstunde zu Viertelstunde langten andere an, je nach den Entfernungen und den Gesetzen ihrer eigenen Bewegung, und das Getrappel und Getrampel hörte die ganze Nacht nicht auf. Die Pfarrfamilie war aufgeblieben, um die bestellten Gegenstände, man denke sich mit welchen Gefühlen! nach und nach in Empfang zu nehmen.

Mit dem frühsten Morgen traf das fürstliche Gefolge auf dem 119 Schauplatz ein. Es hatte seinen Herrn die Nacht hindurch nach allen Richtungen gesucht, mancherlei Abenteuer bestanden und erst im Dämmerungsgrauen, durch einen mit leeren Händen heimkehrenden Nachzügler zurechtgewiesen, die Fährte des edlen Wildes aufgespürt. Der Prinz, froh, aus den Federn oder vielmehr aus der Spreu und dem Seegras zu kommen, eilte zu den Seinigen hinab, die ihn mit Begeisterung umringten, so daß er die Wohnstube, in der eine ganze Christbescherung ihm erzählt haben würde, wie hoch man ihn zu ehren bestrebt gewesen sei, gar nicht mehr zu sehen bekam. Er bedeutete dem nachstürzenden Pfarrer, daß er jetzt doppelte Eile nötig habe, um die versäumte Zeit einzubringen, und da er zugleich in der Weise der Großen, die das Wort sehr geschickt von der Tat abzuschälen wissen, den größten Eifer bezeigte, die Dame des Hauses aufzusuchen, ohne jedoch einen Fuß zu rühren, so blieb dem Pfarrer nichts übrig, als seine Frau herabzurufen.

Der Abschied wurde am Fuße der uns schon bekannten Freitreppe genommen. Der Prinz ging zu seinem Wagen und winkte seinen Reisemarschall heran, der nach kurzer Unterredung zu dem Pfarrer kam und ihm einige Goldstücke »für die Dienerschaft« einhändigen wollte. Der Pfarrer verbeugte sich ablehnend, indem er mit anständiger Freimütigkeit erklärte, daß er weder Knecht noch Magd habe, und daß die Bedienung in seinem Hause rein patriarchalisch sei. Exzellenz zog sich mit Apprehension zurück und erstattete dem Gebieter Rapport, worauf der Pfarrer an den fürstlichen Wagen gerufen wurde. Der Prinz drückte ihm wiederholt seinen Dank in den gnädigsten Worten aus und reichte ihm sodann nach einem verlegenen Zaudern von ein paar Sekunden aus einer Nische des Wagens sein kostbares Reisefernrohr mit der Bitte, es zum Andenken zu behalten, dar. Eine graziöse Handbewegung, die Pferde zogen an, die anderen Wagen folgten, und der Pfarrer sah, den Tubus in der Hand, jedoch mit bloßem Auge, der Erscheinung nach, die trotz der Grundlosigkeit des Weges bald wie ein Traum entschwunden war.

Darauf kehrte er zu dem unterbrochenen Opferfeste der Gastfreundschaft zurück. Da lagen sie nun, die Kostbarkeiten alle; das meiste war gekauft und bezahlt, das wenigste konnte zurückgegeben werden. Ein Teil der Eßwaren forderte schleunigst in Angriff genommen zu werden, wenn er nicht verderben sollte. So war denn im Pfarrhause von Y...burg der Luxus eingezogen, freilich für ein paar Tage bloß, und in den paar teuer erkauften Tagen gedachte der Pfarrer alter unnennbarer Stunden, und ging der Frau und den Kindern ein Begriff vom Paradies der Reichen auf. 120

Wie aber die feinen Genüsse auch auf die Verfeinerung der Seelenvermögen, besonders der Vorstellungskraft, einwirken, so kam den

Pfarrer bei Gänseleberpastete und Bordeaux, bei Rehbraten und Champagner, plötzlich ein Gedanke an, der glücklich genannt zu werden verdiente, falls er nämlich begründet war.

Der Erbprinz von *** galt für einen Fürsten von Geist, idealer Richtung und duftig zartem Gemüt. Die beiden letzteren Eigenschaften hatte er sicherlich bewiesen, als er seinem Wirt, anstatt einer Erkenntlichkeit substantiellerer, zugleich aber auch gemeinerer Art, seinen Tubus zum Geschenk gemacht hatte. Wie aber, wenn man auch die erstere der drei Eigenschaften mit in Rechnung nahm, war dann nicht noch eine weitere Deutung des Geschenks erlaubt, ja geboten? War's nicht möglich, war's nicht wahrscheinlich, daß der hohe Geber, der ja gegenwärtig selbst noch nicht freie Hand hatte, dem Pfarrer durch diese Hieroglyphe ganz leise sagen wollte, er solle in die Ferne blicken, er solle sich als auf die Zukunft angewiesen betrachten? Je länger er dem Gedanken nachhing, desto mehr wurde ihm derselbe zur Gewißheit und durfte daher auf alle Fälle mit Recht ein glücklicher heißen, weil er seinen Urheber glücklich machte, aber auch freilich nur, so lang' er dies tat.

Leider jedoch wurde der Pfarrer schon nach wenigen Tagen aus seinen Himmeln herabgestürzt. Die Zeitungen brachten aus jenem nördlichen Staate die Nachricht vom Hintritt des regierenden Fürsten, vom Regierungsantritt des Erbprinzen und einem zugleich damit eingetretenen großen Systemwechsel, wobei die neuen Ernennungen, sowohl in geistlichen als weltlichen Ämtern, dem Pfarrer sogleich klar machten, daß jetzt oder nie die Anweisung auf die Zukunft, wenn er sie richtig verstanden habe, sich verwirklichen müsse. Während er aber stündlich auf eine Vokation wartete, kam ein Schreiben vom Privatsekretär des auf den Thron gelangten Prinzen, das in verbindlichen, jedoch kahlen Ausdrücken noch einmal den nunmehr allerhöchsten Dank seines gnädigsten Herrn für die freundliche Beherbergung aussprach. Der Blick in dieses Schreiben glich dem Blicke in ein Fernrohr, dessen anderes Ende mit einem Deckel versehen ist.

121 »Durlach!« sagte der Pfarrer von Y...burg und leerte mit einem trotzigen Zuge sein letztes Glas Bordeaux. Der Name der vormaligen markgräflichen Haupt- und Residenzstadt, den er bei diesem Anlaß und seitdem häufig im Munde führte, trug für ihn eine sprichwörtliche Bedeutung. Er hatte in seinen Universitätsjahren einen alten blödsinni-

gen Spitaliten gekannt, der sich auf den Gassen herumtrieb und besonders den Studenten zur Belustigung diente. Diesem hatte vor unzählig vielen Jahren einmal ein Student versprochen, ihn in den Ferien auf eine Reise nach der genannten Stadt mitzunehmen, eine Aussicht, die fortan die Wonne seines Lebens blieb. Was dem lieben den Herzen die Erfüllung des schönsten Traumes, dem ringenden Forscher die Entdeckung der höchsten transszendenten Wahrheit ist, alles, was das Leben schmückt, was wert ist, ein Ziel des Wünschens und Hoffens zu sein, stellte sich diesem kindlichen Gemüte in dem einen Worte »Durlach« dar. Er rief es jedem Begegnenden zu, wobei er den Mund bis zu den Ohren verzog. Daß der Traum nie zur Wirklichkeit wurde, kümmerte ihn nicht; ihm genügte, ihn beseligte der bloße Gedanke, und er lebte und webte darin sein ganzes, an die achtzig Jahre füllendes Leben lang, bis er zur ewigen Ruhe und, wie ein frommer Student in der Leichenrede hinzufügte, in das himmlische Durlach einging.

Die Erinnerung an diesen glücklichen Idioten war es, bei welcher der Pfarrer den Ausdruck borgte, um in bitterster Selbstverhöhnung eine zerplatzte Seifenblase und seinen Glauben an sie zu bezeichnen.

Das Haus erholte sich niemals wieder von dem ökonomischen Schlage, den es durch jene Seifenblase erlitten hatte. War es ja doch schon vorher in einer Verfassung gewesen, von der man sich nur schwer erholt! Der Pfarrer hatte sich mit der ihm eigenen finstern Entschlossenheit gleich von der letzten Nagelprobe des französischen Weines weg auf die Bereitung der korrupten Konsumtionsmittel geworfen, die wir bereits geschildert haben. Wovon Frau und Kinder sich nährten, ist uns ein Geheimnis geblieben. Wir wissen nur, daß letztere im Sommer einen großen Teil des Tages im nahen Walde verbrachten, wo der liebe Gott – oder, nach anderer Ansicht, die gütige Natur – verschiedenerlei Beeren wachsen ließ.

Das sonderbare Geschenk des norddeutschen Prinzen hatte unser seit diesem Erlebnis vollendeter Timon erst unwillig in eine Ecke geworfen, und als es ihm wieder in die Augen fiel, so fehlte wenig, daß er es an dem nächsten besten harten Gegenstand zerschmetterte. Indes- 122 sen besann er sich doch eines Besseren; er begnadigte den Erinnerungszeugen getäuschter Hoffnung und bediente sich desselben fortan zu den Exkursionen seiner selbstpeinigenden, weltverachtenden Ironie, indem er jeden Morgen, sobald er aufgestanden war, was, wie wir bereits wissen, etwas spät geschah, sich darin gefiel, mit dem Tubus spöttisch durch die leere Luft nach den »besseren künftigen Tagen«, nach dem »glücklichen goldenen Ziele« auszuspähen, sodann aber alle Mängel, die ihm die Erde darbot, schiefgewachsene Bäume, schlechtgestellte Zweige und Blätter, plumpgeformte Berge und häßlich knopfige Türme aufzusuchen, kurz, die ganze Schöpfung recht erbärmlich und besonders die Gegenwart ganz und gar schuftig zu finden. Eine Art Universalrezension, der er, wie gesagt, täglich oblag, und nach deren Beendigung er sich jedesmal mit herabgezogenen Mundwinkeln vom Fenster abwandte, gleich wie man einem mißratenen Poem, das man soeben gelesen hat, den Rücken kehrt.

Wie sich dieses Rezensierhandwerk mit seiner dem Preise des Schöpfers gewidmeten Lebensstellung vertrug, ist eine wohl aufzuwerfende Frage, die wir aber leider nicht zu beantworten vermögen. Von den Predigten dieses mit Gott und der Welt zerfallenen Pfarrers hat sich keine einzige erhalten. Schade, daß sie nicht aufgezeichnet worden sind, sie würden vielleicht einen beachtenswerten Beitrag zur Geschichte der Kanzelberedsamkeit geliefert haben. Vielleicht auch nicht; denn nicht immer ist der Zwiespalt sichtbar, der zwischen dem inneren Leben und der äußeren Berufstreue eines Mannes klaffen kann, und es mag wohl auch vorkommen, daß Sauer und Süß aus einem Brunnen quillt.

Eine tägliche Gewohnheit, und wäre es auch die des Hasses, prägt gleichwohl der Seele des Menschen eine gewisse Spur von Liebe ein. Der Tubus war dem Pfarrer, trotz der gallenbitteren Eindrücke, die am Ursprung seines Besitzes hafteten, bald unentbehrlich geworden, und das Vergnügen, das er jeden Morgen empfand, wenn er, mit Blicken der Verachtung zwar, die Welt musterte, hatte sich, obwohl er dies standhaft abgeleugnet haben würde, zu einem integrierenden Teile seines Wesens ausgebildet. »*Etwas* muß der Mensch haben,« sagt die Weisheit der Völker, und wir sehen an dem vor Augen liegenden Beispiel, daß sie die Wahrheit sagt.

Die unbewußte Befriedigung unseres schwarzsichtigen Fernsehers
123 erreichte jedoch noch einen höheren Grad, als er eines Tages, von Abend nach Morgen schauend, jene Felsennase in der Nähe von A...berg entdeckte, von welcher bereits die Rede gewesen ist. Er erkannte in diesem Naturgebilde das entschiedene Konterfei eines einstigen Universitätsvorgesetzten, von dem er seinerzeit der Nasen manche erhalten

hatte, und gegen den er aus diesem Grunde eine übrigens ungerechte Abneigung bewahrte. In diesem plastischen Porträt konzentrierte sich nun alles, was ihm die Erde Hassenswertes enthielt. In rauhe Bergesöde gebannt, entsprach dieses Phantasma für ihn einigermaßen dem Sündenbocke, den das auserwählte Volk Gottes zu den Zeiten des Alten Bundes, mit allen Missetaten Israels beschwert, dem Asasel in die Wüste jagte. Die übrige Welt konnte jetzt gleichsam von dem Alpdruck seiner täglichen Strafblicke aufatmen – gleichviel ob sie sich diese Vergünstigung zu Nutzen machte oder nicht – während er die ganze Last seines Grolles gegen das steinerne Gesicht entlud. Jeden Morgen zog er es künstlich zu sich heran, gab ihm die Allokutionen zurück, die der wohlmeinende Vorsteher einst an *ihn* gehalten hatte, wobei er dessen Stimme und Mienenspiel nachahmte, und überhäufte die arme wehrlose Felsenbüste mit Schmähreden ohne Zahl und Ende.

Auf diese Weise war es gekommen, daß er die ganze Zeit über täglich das Pfarrhaus von A...berg mit dem Tubus hart gestreift hatte, ohne von demselben nähere Notiz zu nehmen, bis endlich die bei heftigem Winde weitflatternden Signalflaggen, die wir in Tätigkeit gesehen haben, an dem beobachteten Gegenstande eine leichte Eklipse bewirkten, wodurch die Aufmerksamkeit des Beobachters auf deren Ursache gelenkt und so jener Blick-, Zeichen- und Briefwechsel zweier Deutschen herbeigeführt wurde, der wohl in der Zeitgeschichte kaum seinesgleichen finden dürfte.

Das menschliche Herz ist und bleibt ein unergründliches Rätsel. Der Pfarrer von Y...burg, dieser verbissene Einsiedler, dieser eingefleischte Hypochondrist, dieser unheilbare Misanthrop, war durch die lachende Erscheinung des ihm in A...berg aufgegangenen Vollmondes hingerissen und, für einige Zeit wenigstens, völlig umgewandelt. Der deutlichste Beweis hiefür war, daß er sich entschließen konnte oder vielmehr sich gedrungen fühlte, sein vertrocknetes Tintenfaß aufzufrischen und aus eigenem Antriebe von der entfernteren Bekanntschaft durch das Sehrohr zu der näheren Befreundung durch die Schreibfeder überzugehen. Der frischen Tinte bedurfte er nämlich, weil er seine Predigten aus dem Stegreif zu halten und auch sonst, amtliche Anlässe ausgenommen, die ihn von Zeit zu Zeit Berichte, Disputationsthesen und dergleichen zu Papier zu bringen nötigten, von der Erfindung des Thot keinen Ge-

124

brauch zu machen pflegte, so daß sein Tintenfaß anhaltenden periodischen Trocknissen unterworfen war.

Diese vorübergehende Umwandlung war indessen mehr eine innere als eine äußere; denn auch das Briefschreiben, mit so gutem Recht es in gewissem Sinn ein Herausgehen aus unserm Selbst genannt werden kann, gehört doch immer noch, wenn man es mit dem Reden und mündlich-persönlichen Gebaren vergleicht, den mehr innerlichen Handlungen an und brachte daher in der einsiedlerischen Lebensweise des Stubenvogels von Y...burg keine Veränderung hervor. Doch verspürte seine Umgebung etwas von dem Freudenschimmer, der in dieses verdüsterte Dasein gefallen war; sie verspürte es aber nur an dem Umstande, daß er sich etwas weniger mürrisch gegen Frau und Kinder anließ, als sonst. Der Grund dieser flüchtigen Aufhellung ihres sonst stets bewölkten Lebenshimmels blieb ihnen verborgen. Wenn daher der Pfarrer von Y...burg, durch die Höflichkeit des Pfarrers und der Pfarrerin von A...berg gezwungen, seine Frau in dem angeknüpften Briefwechsel mit auftreten ließ, so war dies reine Fiktion. Er hätte ihr nicht den hundertsten Teil der Worte gegönnt, die erforderlich gewesen wären, ihr zu erklären, warum sie sich diesem unbekannten Paare zu empfehlen habe, und die gute Seele hat vermutlich während ihres ganzen Erdenwallens niemals eine Silbe davon erfahren, daß einmal eine Zeitlang ein lebhafter und inniger Verkehr zwischen den beiden Pfarrhäusern bestand.

So verhielten sich die Dinge nach außen, so nach innen, als in Y...burg jener Brief des Pfarrers von A...berg ankam, der die diesem selbst noch nicht geoffenbarte Aussicht auf ein persönliches Zusammentreffen beim Landexamen eröffnete. Der Pfarrer von Y...burg las, und ein Gewitter stand auf seiner Stirne. Er warf den Brief zu Boden, Worte ausstoßend, die im Munde eines Exorzisten am Platz gewesen wären. *Darauf* hatte er nicht gewettet! Von weitem, mit dem Tubus oder mit der Feder in der Hand, in *abstracto,* wenn man so sagen darf, konnte er den großen Wurf, eines Freundes Freund zu sein, zur Not an sich herankommen lassen – aber ein *konkretes* Menschenwesen in die Arme schließen, stunden- oder wohl tagelang in seiner Atmosphäre aushalten, seinen physischen, moralischen und Gott weiß was noch für weiteren Idiosynkrasien Rücksicht erweisen, Rechnung tragen zu müssen – nein, das war zu viel für ihn! Dazu die Figur, die er in seines finanziellen Nichts durchbohrendem Gefühle neben der Großmacht von A...berg zu spielen verurteilt war! Er verfluchte den Dämon der Menschenliebe, den er längst aus sich ausgetrieben zu haben glaubte und der ihm nun so unversehens ein Bein gestellt hatte.

Ausweichen konnte er der Begegnung nicht, das war ihm klar.

Sein Eduard *mußte* dieses Jahr ins Examen. Schon zweimal hatte er's mit ihm versäumt und sich dadurch in die verdrießliche Lage verseht, um besondere Erlaubnis einkommen zu müssen, daß der Knabe die dritte und letzte Prüfung mit seiner Altersklasse gleichsam in Bausch und Bogen erstehen dürfe. Dies war eine Anomalie, die nicht gern gestattet wurde und in einer Welt, in der alles Exzeptionelle anstößig ist, schon im voraus ein der Entscheidung ungünstiges Vorurteil erweckte.

Allein das kümmerte den Pfarrer von Y...burg wenig, denn ihm war es nur um das Examen selbst zu tun, nicht aber um dessen Erfolg.

Daß er den letzteren mit der Zuversicht des Astronomen, der eine Naturerscheinung berechnet, vorausgesagt hatte, war sein völliger Ernst gewesen. Es hatte aber auch zu dieser Sicherheit des Vorherwissens weder einer Kunst noch Wissenschaft bedurft: Eduards Erziehung bürgte hinlänglich für das Eintreffen der Prophezeiung. Aus Mangel an Dispositionsfonds auf das fast immer zweifelhafte Auskunftsmittel des Selbstunterrichts und auf seine eigenen Kenntnisse, die zwar in ihren Trümmern noch schön sein mochten, beschränkt, hatte er in seiner mißlaunischen Unlust an seinem eigenen Fleisch und Blut ein wahres Mietlingswerk getan und den übelberatenen Schüler wenig über das buchstäbliche Verständnis von *Typto* hinaus gefördert, indem er ihn nämlich aus den spärlichen Lehrstunden, die er ihm erteilte, fast regelmäßig unter Verabreichung etwelcher Ohrfeigen fortjagte, um ihn, wie man sagt, auf der Weide laufen zu lassen.

Zu einiger Rechtfertigung des so unnatürlich scheinenden Vaters darf indessen nicht verschwiegen werden, daß der Sohn in der Tat auch gar kein genügendes Organ für jene geistigen Sphären zeigte, die man Humaniora nennt. Im Freien aufgewachsen, von Kindheit auf wind- 126 und wetterhart, wußte er Pferde zu tummeln, Ochsen zu bändigen, sämtliche Hantierungen, die in dem Orte getrieben wurden, hatte er spielend erlernt, aber im Lateinischen war er, was ein gewisser großer Philosoph laut Schulzeugnis im Fach der Beredsamkeit gewesen sein soll, *haud magnus,* das Griechische bot ihm nur einen homogenen

Dialekt, der zum Unglück nicht in den Lehrplan taugte, den böotischen, und für das Hebräische hatten ihm die Götter ein ehernes Band um die Stirne geschmiedet. Wenn sein Vater ausnahmsweise gut auf ihn zu sprechen war, so konnte er sagen, es stecke vielleicht in dem Jungen ein Mann der Tat, der mehr wert wäre als ein Dutzend Gelehrte zusammen, aber bei einer Nation, die, nach Hölderlins Ausspruch, tatenarm und gedankenvoll sei, möge er zusehen, wie er sich mit dieser Eigenschaft durchschlagen werde.

Und dennoch mußte er diesen Durchfallskandidaten in das Examen schicken, aus welchem der künftige Klerus des Landes hervorgehen sollte. Warum? Es gibt einen Druck der öffentlichen Meinung, der auch den trotzigsten Eigenwillen zwingt. Die öffentliche Meinung aber huldigte nicht bloß der Heiligkeit des geistlichen Berufes, sondern in fast höherem Grade noch der zeitlichen Wohlfahrt, die mit dieser Bestimmung in Perspektive stand. Nahrung, Kleidung, Behausung und Heranbildung der jungen Leute auf öffentliche Kosten – später, wenn auch nach mehr oder minder langem Warten, ein sicheres Brot – mit einem Wort, Versorgung vom zurückgelegten vierzehnten Jahre an auf Lebenszeit – dazu noch, wie nun einmal die öffentliche Meinung glaubte und wie es wohl auch nicht anders als billig war, möglichste Bevorzugung der Pfarrerssöhne, der Kinder vom Stamme Levi, vor der übrigen dem Tempeldienste zuströmenden Jugend des Landes – alle diese Vorteile für seinen Sohn zu vergeben, ja unversucht in den Wind zu schlagen, das ging nicht an. Er lief Gefahr, anstatt des Sohnes selbst in einer Geistesanstalt untergebracht zu werden, nur in keiner bildenden. Von einem Handwerk, falls er nämlich das Lehrgeld aufbrachte, konnte, ohne Empörung aller Standesgefühle, erst dann die Rede sein, wenn sich der Junge zum Studieren unfähig gezeigt hatte, und das einzige unentgeltliche Studium war das, zu welchem der Weg durch das Landexamen führte. Der Versuch mußte also gemacht werden, das stand fest. Fiel der Junge durch – wohl ihm! Blieb er im Siebe liegen, 127 wie es der Zufall manchmal wunderlich fügt, daß der Mensch die paar Brocken Wissen, die an ihm hängen geblieben sind, verwerten kann – dann noch besser oder schlimmer! Im einen wie im anderen Falle, Kardinal! – so apostrophierte der Pfarrer von Y...burg die unsichtbare Gewalt, die ihn drängte – habe ich das meinige getan.

Unter diesen Umständen konnte er es nicht vermeiden, mit dem bisherigen Geistesfreunde nun auch körperlich zusammenzutreffen; denn selbst wenn es ihm gelang, jeder persönlichen Begegnung vorzubeugen, so mußte jener doch seine Anwesenheit, die in keiner Weise verborgen bleiben konnte, erfahren, und der Widerspruch zwischen diesem unfreundschaftlichen Betragen und dem mit fast leidenschaftlicher Freundschaft geführten Briefwechsel war zu groß, zu auffallend, zu unerklärlich, als daß er sich denselben hätte zuschulden kommen lassen dürfen.

Hatte er einmal A gesagt, so mußte er jetzt B sagen. So schrieb er denn, wie wir bereits wissen, anscheinend höchst vergnügt zurück, daß er gleichfalls einen Sohn ins Examen bringen und daß hieraus auch den Vätern die Gelegenheit, sich zu sprechen, erblühen werde. Im Herzen aber war er über dieses bevorstehende Freudenfest voll Gift und Galle, und manchen Morgen, wenn er nach A...berg hinauf telegraphierte, begleitete er seine Signale mit schandbaren Reden, jenen ähnlich, die er vordem an den steinernen Nachbar des Freundes zu richten gepflegt hatte. Ahnungslos, wie seinerzeit die Felsennase, nahm der die versteckten Demonstrationen entgegen und schrieb ihm zum Danke dafür manch wohlgesinnten Brief. Aber auch er selbst hatte in dem Briefwechsel zu viele Unterhaltung gefunden, als daß er *diese* Form des Verhältnisses gar und gänzlich zu den Raben hätte wünschen können. Im Gegenteil war es ihm eine nicht unwillkommene, jedenfalls eine vergleichungsweise tröstliche Aussicht, nach überstandenem Martyrium der Mündlichkeit dereinst zu dem neutraleren schriftlichen Verfahren zurückzukehren.

»Die Zeit kam heran, welche niemals ausbleibt« – sagt Cervantes gerne, wenn er eine Zwischenzeit überspringen und mit seiner Erzählung zu dem angekündigten Zeitpunkt übergehen will. Zum gleichen Zwecke bietet sich eine in Schwaben geläufige Redensart: »Man spricht das ganze Jahr von der Kirchweih', endlich ist sie.«

So ging es nämlich auch mit dem Landexamen. Es kam heran, es trat in die Reihe der seienden Dinge ein. 128

Die Straßen der Hauptstadt füllten sich mit alten und jungen Schwarzröcken verschiedenen Schnitts, die einander nur darin gleich waren, daß sie von dem Residenzschnitt bedeutend abwichen.

Ahnungsgrauend schritten die Alten, todesmutig die Jungen einher, um vorerst die zum Teil noch nie genossenen Herrlichkeiten, besonders die Wachtparade, in Augenschein und Ohrenschmaus zu nehmen.

Die Residenzjugend war gleichfalls auf den Beinen und belustigte sich, die »Landpomeranzen«, wie sie die Fremdlinge nannte, auf Schritt und Tritt zu verfolgen. Mancher würdige Vater eines hoffnungsvollen Sohnes mußte es ertragen, daß sich der beliebte Gänsemarsch an seine Fersen heftete. Mancher hoffnungsvolle Sohn eines würdigen Vaters mußte sich mit dem insolenten *Cujas es?* anschreien lassen, welche Frage nach der Herkunft in ihrer stereotypen Form zu einer höhnischen Bezeichnung des Gegensatzes zwischen Stadt- und Landlateiner dienen sollte.

Die Jungen waren betäubt, die Alten betrübt über die Ruchlosigkeit dieser Jugend; entrüstet beide; beide aber auch zugleich von ganz geheimer Bewunderung ihrer freien, kecken Manieren erfüllt.

Der erste der Entscheidungstage war angebrochen.

Schon am frühen Morgen war das als Lokal des Examens dienende Gymnasiumsgebäude, von dem gebildeteren Teile der weiblichen Bevölkerung damals das »Gennasium« genannt, ein Schauplatz lebhafter Bewegung. Die Gruppen, die es umringten, bestanden aus Vätern und Verwandten der Prüfungskandidaten. Sie hatten diese ihre Säuglinge nach der Hauptstadt und bis an die Schwelle des Gymnasiums geleitet, wo dieselben streng abgesperrt wurden, um eine Reihe von Aufgaben in verschiedenen Fächern zunächst schriftlich zu lösen, und gingen nun hier ab und zu, um womöglich an der Luft zu spüren, wie die Examenswitterung beschaffen sei. Man steckte die Köpfe zusammen und teilte sich murmelnd die Vermutung mit, daß die Aufgaben dieses Jahr schwieriger sein werden, als je zuvor, weil die Prüfungsbehörde wegen des großen Andrangs der Bewerber beschlossen habe, es diesmal mit den Anforderungen an sie haarscharf zu nehmen. Dazwischen trafen sich alte Bekannte und redeten von ihren Jugendtagen, wo sie ebenfalls hier geschwitzt hatten, oder erzählten einander ihre gegenseitigen Familienerlebnisse in Freud und Leid. 129

Am Mittag wurden diese Gruppen voller und drängten sich dichter um das Haus. Wer von den jungen Leuten mit seinem Pensum zu Ende war, wurde gegen Zurücklassung der Reinschrift in Freiheit gesetzt. Der erste, der herunterkam, erregte allgemeines Aufsehen. Er mußte sehr geschickt oder sehr leichtsinnig, jedenfalls sehr zuversichtlich sein, daß er es gewagt hatte, allen anderen zuvorzukommen. Man riß sich um ihn, las die Aufgaben vor, kritisierte sie, fand sie unbillig schwer, und die Spannung wuchs mit jedem Augenblicke. Allmählich kamen andere nach, und ihre Angehörigen säumten nicht, ihre Sudelschriften in Empfang zu nehmen und aus diesen sibyllinischen Blättern die Zukunft der jungen Verfasser zu erforschen. Die verschiedenen Abstufungen des Mienenspiels, welche hiebei zu beobachten waren, vom höchsten Entzücken bis zur äußersten Entmutigung hinab, boten ein belebtes Bild, das wohl einer malerischen Darstellung würdig gewesen wäre.

Unter diesen Gruppen, doch außerhalb des dichtesten Gedränges, befand sich ein Mann von vorgeschrittenem Embonpoint und lebensfrohem Gesichtsausdruck, worin keine Spur einer Runzel an Bedenklichkeiten oder Zweifelsqualen erinnerte. Er trug einen Rock von sehr dunkelblauer Farbe, die zur Not, obwohl nicht ganz ordnungsmäßig, die schwarze ersetzen konnte, und war unser alter Freund, der Pfarrer von A...berg. Ein kleines Reisemißgeschick hatte zwar seine Heiterkeit etwas getrübt. Er war nämlich ungemein begierig gewesen, das Felsengesicht, das er in der Nähe nicht ganz sein nennen konnte, sich aus der gehörigen Entfernung anzueignen, und zu diesem Zwecke hatte er seinen Butzengeiger mitgenommen. Unser deutscher Himmel aber hatte ihm unterwegs den Streich gespielt, sich, wie zuweilen die deutsche Philosophie, in Unklarheit zu hüllen, was ihn wirklich auf einige Zeit ganz unglücklich machte. Doch tröstete er sich mit der Hoffnung, auf der Rückreise besseres Glück zu haben, und das Gleichgewicht seines Gemüts war bald wieder so vollkommen hergestellt, daß sämtliche Staaten des Kontinents, besonders diejenigen, welche soeben auf dem Wege von Laibach nach Verona waren, ihn um dasselbe hätten beneiden dürfen.

Nichtsdestoweniger begann dieses Gleichgewicht jetzt ein wenig zu vibrieren, so daß unser untersetzter Freund sich genötigt sah, seinen Schwerpunkt in den Zehen zu suchen. Sein Sohn Wilhelm erschien nämlich im Portale des Gymnasiums, und um ihn im Auge zu behalten, 130
mußte er es machen, wie ein gewisser Schauspieler, der, sonst einer der trefflichsten Künstler, als Lear bei den Worten: »Jeder Zoll ein König«, sich auf die Zehen zu erheben pflegte, um in der Tat und

Wahrheit einen Zoll größer zu sein. Vater und Sohn lächelten sich von weitem an, wie ein Mond den andern anlächeln würde, und der Sohn glich auch dem Vater, wie ein Ei dem andern. Auf der hohen, weißen Krawatte ruhte behaglich dasselbe rotbackige Gesicht, rund und voll, wie sein Aszendent, nur in verjüngtem Maßstabe, und die schneeweißen »Vatermörder«, die es einrahmten, beeinträchtigten so wenig, als bei dem Vater die weiße Halsbinde, das gesunde Rot der Wangen. Mit ruhiger Sicherheit, keinen Schritt beeilend, lavierte der Junge durch das Gewühl auf den Alten zu, der ihm die kurzen Arme entgegenstreckte, um mit beiden Händen nach dem Konzept seiner Ausarbeitungen zu greifen, und als ihre Finger sich berührten, da konnte man den kurzen wohlgenährten Fingern des Jungen den ernstlichen Vorsatz ansehen, dereinst ebenso dick und fleischig zu werden, wie die Finger des Alten waren.

»Zuerst das Arithmetische!« sagte dieser, in dem Sudelhefte blätternd. »Um das übrige ist mir nicht bang, aber das Rechnen war nie deine starke Seite. *Voilà!* Die Dauer des Dreißigjährigen und dann die des Siebenjährigen Krieges absteigend in Monaten, Wochen und Tagen zu berechnen – etwas kaptiös, doch nicht übermenschlich! Richtig, ich hab' mir's gleich gedacht: du rechnest den Monat zu vier Wochen – gelt?«

»Freilich,« sagte Wilhelm. »Wie denn anders?«

»Da bekommst du ja nur achtundvierzig Wochen aufs Jahr,« bemerkte der Vater verdrießlich. »Nun, es wird manchem andern auch so gegangen sein,« setzte er erleichtert hinzu. »Aber halt – was muß ich sehen! Seit wann hat die Woche *acht* Tage?«

»Man redet ja immer von acht Tagen, wenn man eine Woche bezeichnen will,« wendete Wilhelm ein.

Der Pfarrer von A...berg ließ jenen gelinden Desperationslaut vernehmen, welcher hervorgebracht wird, wenn man ein Z ein paarmal hintereinander durch die Zähne einwärts zieht. Nach einer Pause stummen Kopfschüttelns sah er wieder in das Konzept, las, nickte von Zeit zu Zeit, und immer mehr klärte sich seine Miene auf. »In den Hauptfächern,« sagte er »steht es ganz so, wie ich's von dir erwartet habe. Besonders dein Latein ist wahrhaft blühend. Nun, die Arithmetik ist ein Nebenfach, mit dem man's nicht so streng nimmt – und ich werde die Herren darauf aufmerksam machen, daß du, von den irrigen Voraussehungen abgesehen, formell richtig gerechnet hast. Das ist alles, was man verlangt.«

In dieser Weise wurden die einzelnen Arbeiten von den Interessenten durchgenommen, so daß in der kleinen Gelehrtenausstellung ein allgemeines Summen herrschte. Dasselbe wurde jedoch durch eine auffallende Szene unterbrochen.

Während des soeben geschilderten Auftritts kam einer der jungen Kandidaten aus dem Gymnasium, den man unwillkürlich näher ansehen mußte. Er war eine hochaufgeschossene, spindeldürre Figur mit eckigem Gesichtsbau, schwarzen Haaren und dunkeln Augen, welche scheu und trutzig über das Gedränge hinschweiften; aus den Ärmeln seines fadenscheinigen, schwarzen Rockes ragten die Handgelenke nebst einem Teil der Vorderarme unbedeckt hervor. Während er eine Gasse suchte, um aus der Versammlung, die ihm unheimlich zu sein schien, zu entschlüpfen, stürzte ein Mann in einem schwarzen Rock herbei, welches Kleidungsstück ebenfalls sehr abgetragen und zerschlissen aussah, nur daß die Ärmel nicht zu kurz waren, und das vermutlich aus dem einzigen Grunde, weil der Inhaber nicht mehr wuchs. Dagegen waren die Arme dennoch sehr lang, und einen wundersamen Anblick gewährte es, wie er spinnenartig über ein halbes Dutzend Leute hinübergriff, um dem Jungen sein Konzept zu entreißen. Daß er dessen Vater war, konnte niemand bezweifeln, der ihn ins Auge faßte: dieselben schwarzen Haare und Augen, derselbe felsige Knochenbau des Gesichts, nur daß die Ecken viel schärfer hervorstachen, die Furchen viel tiefer eingegraben waren, und endlich in der Miene derselbe dunkle Zug, nur noch weit mehr schattiert.

Wie ein Habicht war der Alte auf die Sudelblätter gestoßen, die der Junge nicht sowohl hergab, als vielmehr sich bloß wegnehmen ließ. Und wie der Raubvogel seine Beute erhascht, so hatte das Auge des Vaters auf den ersten Blick eine Stelle entdeckt, die ihn jeder weiteren Untersuchung zu entheben schien. Die Wirkung dieser Stelle war so stark, daß sie seine Fassung überwältigte. Er ließ die Hand mit den Blättern sinken. »Unglücklicher!« rief er mit lauter Stimme, faßte den Jungen am Flügel, und – fort war er mit ihm um die nächste Ecke. 132

Dieses tragische Zwischenspiel hatte allgemeine Aufmerksamkeit erregt. Auch der Pfarrer von A...berg, der eben mit seinem kritischen Geschäft zu Ende kam, hatte noch den herzbrechenden Ausruf gehört, und sah noch die beiden langen, steifen, hageren Gestalten um die Ecke verschwinden.

Er fragte, und zehn, zwölf andere Stimmen fragten mit ihm, wer dieser darniedergeschmetterte Vater sei.

»Der Pfarrer von Y...burg!« wurde geantwortet.

Der Pfarrer von A...berg nahm seinen Sohn an der Hand, zog ihn durch das Gedränge und eilte dem Freunde nach. Aber vergebens schaute er an der Ecke Straß' ab, Straß' auf. Die beiden Gestalten waren fortgeschossen wie Ladstöcke, die manchmal den Gewehren unvorsichtiger Schützen enteilen.

Mißmutig begab er sich mit seinem Sohne in sein Quartier, das er bei einem hochgestellten Vetter aufgeschlagen hatte; denn die Residenz übte in den Zeiten, die dem völligen Aufhören der Naturalwirtschaft vorangingen, immer noch den schönen Brauch der Hauptstadt des jüdischen Landes, wo an den hohen Jahresfesten jedes Haus eine Gastherberge für Gefreundte und Bekannte vom Lande wurde, nur mit dem Unterschiede, daß hier das Fest der ungesäuerten Brote und dort das Landexamen der Magnet war, der den Landsturm von Gästen brachte.

Ein treffliches Mittagsmahl erquickte die Lebensgeister unseres Pfarrers. Da sein Vetter einer der Herren Examinatoren war, so konnte er über Tisch in Form einer Anekdote, die er auf Wilhelms Unkosten erzählte, seine arithmetische Herzensangelegenheit anbringen, was sehr zu seiner Aufrichtung diente. Er fand denn auch gleich bestätigt, daß der Fehler nicht groß geachtet wurde. Doch mußte der über und über rot gewordene Kandidat sich manche Neckerei gefallen lassen, daß er zwischen der asiatisch-ägyptisch-deutschen Woche von sieben Tagen und den Nundinen der Römer einen Vermittlungsversuch gewagt habe.

Auf den Abend wandelte der glückliche Vater in einen öffentlichen Garten, der, damals der einzige in der Residenz, weit und breit eines großen Rufes genoß.

»Wer zählt die Völker, nennt die Namen,
Die gastlich hier zusammenkamen?«

133 Die Chargen des Militärs vom Leutnant aufwärts bis zum General, höhere Kanzleibeamte, alte und junge Richter, Lehrer der Künste und

Wissenschaften und endlich schwere Bürger, welche mehr Geld in der Tasche hatten, als jene alle miteinander, das waren die allabendlichen Stammgäste. Hiezu kamen aber noch die vielen, die das Landexamen in die Stadt geführt hatte, und die nicht wenigen, welche diese Wimmelzeit zum Stelldichein benützten. Besonders waren es die verschiedenen Altersklassen der Geistlichkeit, die ihre regelmäßigen, jährlichen Zusammenkünfte auf diese Zeit zu verlegen liebten. Dieselben wurden im elegantesten Latein in der gelesensten Zeitung des Landes ausgeschrieben, die eben darum manchmal beinahe einem ungarischen Reichstagblatte glich, wenn nicht in der Latinität ein merklicher Unterschied gewesen wäre. Solchen Aufforderungen zum Zusammenkommen ward von den Betreffenden stets freudig nachgelebt. Man beobachtete dabei zugleich das werdende Geschlecht und gedachte mit gerechtem Bewußtsein »der alten Zeiten und der alten Schweiz«.

Daß in diesem lebhaften Nationalgewimmel unser Freund von A...berg guter Dinge war, brauchen wir nicht erst zu versichern. Zwar, wer, wie er, eine sehr ausgebreitete Bekanntschaft hatte, dem konnte es begegnen, daß ein Dutzend Freunde zu gleicher Zeit, ohne voneinander Notiz zu nehmen, sein Ohr belagerten, und wer, wie er, mit seinem ganzen Wesen darauf angelegt war, allen gerecht zu werden und keinen vor den Kopf zu stoßen, der mußte sich einigermaßen im Fegfeuer befinden, weil er nicht wußte, wem er zuerst antworten solle.

»Lieber durch Leiden
Möcht' ich mich schlagen,
Als so viel Freuden
Des Lebens ertragen!«

Indessen eine tüchtige Natur arbeitet sich auch durch Zentnerlasten des Glückes hindurch. »Der Braten war so fett, daß wir ihn nicht essen konnten, aber wir aßen ihn doch,« schrieb jener Knabe in der Schilderung eines Schmauses, zu dem er eingeladen war. Unser Freund lächelte alle zwölf Interpellanten gemütlich an, nickte in der Runde umher, segelte mit dem Glase durch die Luft, um gleichsam eine allgemeine Benediktion zu erteilen, und hiemit waren sämtliche Fragen und Zurufe dem Hauptinhalte nach beantwortet. 134

Nur eines versetzte ihm den perlenden Kelch der Lebensfreude mit Wermut: sein Freund von Y...burg, den er bestimmt hier zu finden erwartet hatte, war nicht da und fand sich auch im ganzen Lauf des Abends nicht ein. Er fragte Bekannte und Unbekannte, beinahe Mann für Mann vergebens nach ihm. Niemand wußte auch nur von ihm zu sagen, wo er sein Zelt aufgeschlagen habe. »Es ist mir unbegreiflich!« murmelte der Pfarrer von A...berg beständig vor sich hin, bis er durch neue Begegnungen und Befreundungen jeweils wieder in den Strudel der heiteren Bewegung gerissen wurde.

Schon am folgenden Morgen erfuhr er zweierlei Gründe, deren einer das rätselhafte Benehmen des Freundes rechtfertigte, durch den andern aber wieder aufgehoben wurde. Aus den entscheidenden Kreisen nämlich, das heißt, aus dem Gremium der Examinatoren, verbreitete sich die Nachricht, daß Eduard von Y...burg merkwürdige Arbeit gemacht habe. Nicht bloß hatte er im Griechischen mit den beiden intrikanten Verneinungswörtchen, die schon firmeren Gelehrten manches Bein gestellt haben, ein heilloses Blindekuhspiel getrieben, sondern noch obendrein im Lateinischen eine Todsünde begangen, die nur mit der jenes unglücklichen Helvetiers verglichen werden kann, der sich nirgends mehr in Gesellschaft blicken lassen durfte, weil die Rede von ihm ging, er habe seinen Grundstock angegriffen – kurz, er hatte *Ut* mit dem Indikativ gesetzt! Wenn der Vater *diesen* Schnitzer gestern zuerst ins Auge gefaßt hatte, dann war sein tragischer Ausruf freilich gerechtfertigt. Noch mehr war es sein Wegbleiben aus der Gesellschaft. Der Vater eines Sohnes, der *Ut* mit dem Indikativ gesetzt, konnte nicht unter die Leute gehen.

Aber diesem Schaden Josefs stand ein wunderbarer Triumph gegenüber. Man erfuhr nämlich zugleich, daß der Pfarrerssohn von Y...burg hinwiederum der einzige gewesen sei, der die arithmetisch-historische Aufgabe vollkommen gelöst habe. Nicht nur hatte er, was von den wenigsten gerühmt werden konnte, das Verhältnis der Wochen zu den Monaten richtig ausgedrückt, sondern er hatte auch die wahre Dauer der beiden Kriege, von welchen die Frage gestellt war, allein genau angegeben. Während alle übrigen Kandidaten dem einen dreißig und dem anderen sieben Jahre zuschrieben, hatte er den ersten vom 23. Mai 1618 bis zum 24. Oktober 1648 und den zweiten vom 29. August
135 1756 bis zum 15. Februar 1763 datiert, mithin notfolglich ein ganz ab-

weichendes Resultat gewonnen, das obendrein um so glänzender war, als die Berechnung unter diesen Umständen weit größere Schwierigkeiten gehabt hatte. Der Fall war unerhört in den Annalen des Landexamens: derselbe Kandidat, dessen Leistungen in den andern Fächern unter dem Gefrierpunkt geblieben waren, erhielt in der Arithmetik und Historie je zwei große *A*. Das will nämlich im Zeugnis so viel besagen, als: »Eminent!« Und wenn er nun auch dennoch durchfiel – und wenn seine historische Errungenschaft durch die unmaßgebliche Bemerkung, daß dabei vielleicht mehr Zahlengedächtnis als Geschichtssinn obgewaltet habe, starke Einbuße erleiden mochte – gleichviel, ein Vater eines Sohnes, der in seinem Testimonio vier große *A* besaß, dieser Vater durfte sich mit diesem Sohne sehen lassen.

Der Pfarrer von A...berg erteilte seinem Wilhelm, als er ihn wieder zum Gymnasialgebäude begleitete und den Pfarrer von Y...burg daselbst abermals nirgends erblickte, den Auftrag, den Sohn desselben beim Hinein- oder Herausgehen aufzusuchen, sich nach dem Quartier der beiden Finsterlinge zu erkundigen, und sie jedenfalls für den Abend in »der W ..... in Garten« zu bestellen.

Wilhelm tat sein Bestes. Allein der Löwe des Dreißig- und Siebenjährigen Krieges erschien so spät, daß er nur noch knapp seinen Platz erreichte, ehe das Diktieren der heutigen Aufgaben begann. Während des pythagoräischen Schweigens, das auf diese feierliche Handlung folgte, war kein Verkehr statthaft. Noch weniger konnte es am Schlusse zu einer Annäherung kommen; denn ehe Wilhelm mit dem dritten Teile der Pensen fertig war, hatte Eduard seines Wissens Köcher ausgeleert, legte die Feder nieder, überreichte seine Arbeit dem wachehabenden Professor, und – schnell war seine Spur verloren.

Der Tag verging wie der gestrige.

Vergebens fahndete der Pfarrer von A...berg im Abendzirkel nach dem Freunde, der ihm nur in der Ferne, nicht aber in der Nähe sichtbar sein zu wollen schien. Er schüttelte den Kopf einmal über das andere, ließ manches hinterschlächtige Z durch die Zähne zischen und entsagte zuletzt gänzlich der Hoffnung, den Unsichtbaren zu sehen, den Unbegreiflichen zu begreifen.

Der dritte der Examenstage, der Tag der mündlichen Prüfung, brach an. 136

Die zum Schwitzen verordnete Jugend schnürte ihre Bücher in den altertümlichen Riemen und eilte dem Schlachtfelde zu, wo der Ausschlag erfolgen sollte; denn heute galt es den halben Mann von dem ganzen zu unterscheiden.

»Wilhelm,« sagte der Pfarrer von A...berg zu seinem Sohne, den er heute zum letzten Male begleitete: »sag mir ehrlich, ob dir das Herz nicht klopft. Ein Examinator hat es doch weit besser, als ein Examinand, denn jener ist auf die Fragen vorbereitet und dieser nicht. Sieh, ich traue dir zwar sehr viel zu, aber – der Mensch mag noch so vieles wissen, alles weiß er nicht. Hast du nie daran gedacht, daß just eine Frage an dich kommen könnte, in der du – nicht zu Hause bist?«

»Freilich,« sagte Wilhelm mit Gleichmut. »In diesem Fall gedenke ich die Rede auf einen verwandten Gegenstand hinüber zu spielen, denn es kommt nicht darauf an, daß man alles weiß, sondern darauf, daß man womöglich keine Antwort schuldig bleibt.«

Der Vater klopfte den Sohn auf die Schulter. »Wilhelm,« sagte er freudig bewegt, »an deiner Karriere hab' ich keinen Zweifel mehr.«

Mit diesen Worten schieden sie vor der Schwelle des Gymnasiums.

Im Hinaufsteigen sah sich Wilhelm auf der Treppe unversehens von dem schwärzlichen Aufschößling aus Y...burg angeredet, der ihm sagte, sein Vater lasse den Herrn Pfarrer von A...berg bitten, sich doch ja heut' abend in »der W ..... in Garten« einzufinden.

Wilhelm erwiderte ihm ebenso verwundert als erfreut, der seinige habe keinen sehnlicheren Wunsch, als endlich einmal mit dem Herrn Pfarrer von Y...burg zusammenzutreffen, und erzählte, wie die Bemühungen, dieses Glückes teilhaftig zu werden, bis jetzt vergeblich geblieben seien. – Er fragte ihn, wo denn der Herr Vater logiere.

»Bei Verwandten auf dem Lande in der Nähe,« antwortete Eduard und fügte hinzu, erst heute werde sein Vater von den Abhaltungen frei, die ihn bisher verhindert haben, den Abend in der Stadt zuzubringen.

»Sie dürfen auch nicht wegbleiben,« sagte Wilhelm zutraulich zu ihm. »Mein Vater wird mich gleichfalls mitnehmen.«

Eduard sagte zu, so weit es von ihm abhänge, und die Türe des Prüfungssaales schloß sich hinter ihnen.

137

Die Angabe, daß er bei Verwandten auf dem Lande wohne, war eine Vexierklappe, mit welcher der Pfarrer von Y...burg seine wahre Adresse verdeckte. Er war vielmehr in der obskursten Winkelkneipe des winkligsten Gäßchens der innersten Altstadt abgestiegen. Seine Käsehändler, die er nach einer wohlfeilen Herberge gefragt, hatten ihm diese Spelunke verraten. Hier konnte er sein Haupt niederlegen, ohne seinen Etat zu überschreiten. Auch wurde er hier von seinem Y...burger Käse, der zum Besten der Gebrüder Straubinger hierher geliefert wurde, angeheimelt, nur daß er ihn hier ungebraten essen mußte. *Home, sweet home!* Der Mensch mag auswärts auf Reisen ein Plätzchen finden, wo er sich beinahe heimisch fühlt – am eigenen Herd ist's eben doch immer noch besser! Dagegen traf er hier ein Bier, dem er, obgleich es billig schmeckte, doch den Vorrang vor seinem Korruptionsgebräu unbedingt zugestehen mußte. Und da er mit seinem Sohne ein eigenes Apartement – ein urmals ockergelb angestrichenes Kämmerchen von anderthalb Quadratschuh – inne hatte, so konnte er zu diesem Biere seine seythische Zigarre unangefochten verduften.

Auf diese Weise hatte er den Abend nach seiner Ankunft unter stillen Verwünschungen über den Pfarrer von A...berg, den schuldlos unwissenden Feind seiner Ruhe, dessen Anwesenheit er selbst in diesen *angulus terrarum* hereinragen fühlte, nicht eben ganz ungemächlich durchlebt, und eine seinem Sohne vor dem Schlafengehen verabreichte Ohrfeige hatte seinen durch die ungewohnten Eindrücke der Außenwelt etwas gestörten Schwerpunkt vollkommen wieder hergestellt. Eduard hatte nämlich auf die Frage, wie es ihm wohl im Examen gehen werde, die allerdings unpassende Antwort gegeben: »Mir ist's Wurst.«

Und doch trieb es ihn am anderen Morgen, am Morgen des ersten Prüfungstages, aus seiner Höhle hinaus. Es war Neugier, verbunden mit jenem dämonischen Zuge, der den Menschen manchmal antreibt, dem Schicksal eine Wette zu bieten. Wenn er dem Pfarrer von A...berg in die Hände fiel, so konnte er nicht mehr zurück, konnte sich ihm über die ganze Prüfungszeit, an den Abenden wenigstens, nicht mehr entziehen. Und dennoch wagte er den Gang. Wie derselbe abgelaufen, haben wir bereits erzählt.

Die Hauptsünde wider den heiligen Donat, die ihm bei dem ersten Blick in Eduards Sudelheft entgegensprang, hatte sein nicht ganz eingeschlummertes philologisches Gewissen in allen Tiefen aufgerührt und ihm jenen Ausruf abgenötigt, der in den Herzen der Ohrenzeugen nachzitterte. Nachdem er aber um etliche Ecken gebogen, stellte sich

138

die verlorene Fassung wieder ein, und es wurde ihm klar, daß der Unglücksfall, den er ja doch in der einen oder anderen Form als unvermeidlich vorhergesehen hatte, ihm gerade so gelegen komme, wie oft einem jungen Mädchen, das sich gern in einem schwarzen Kleide sieht, ein Trauerfall.

Er hatte den legitimsten Grund, sich vor der Welt zu verbergen. Niemand konnte es ihm verargen, wenn er den Indikativ seines Sprößlings in Sack und Asche betrauerte. Er zog sich daher in sein göttliches Loch zurück, allwo er sich hermetisch verschloß und seinem Eduard in den Freistunden, die diesem das Examen ließ, hänfenen Weihrauch unter die Nase dampfte. Die übrige Zeit beschäftigte er sich mit einem alten, verstaubten, in Schweinsleder gebundenen Buche, das er im Hause aufgefunden hatte und das Spitzbubengespräche im Reiche der Toten enthielt, Unterredungen nämlich, worin Cartouche, Nickel List, die vom Schwert zum Rade begnadigten Schloßdiebe Friedrich Wilhelms I. und andere Zelebritäten ihres Jahrhunderts ihre Konfessionen gegeneinander austauschten.

Den folgenden Tag schlug die Lage um. Eduard brachte seinem Erzeuger aus dem Examen die Neuigkeit mit, daß er vier große *A* in seinem Zeugnis habe.

»Woher wußte der Junge dies?« Ei, sein Nebensitzer im Examen hatte es ihm unter der Arbeit zugeflüstert. Wie ein Stein, der, ins Wasser gefallen, immer weitere Wellenkreise zieht, hatte sich dieses und manches andere Examinalgeheimnis aus dem Konklave der Examinatoren zu ihren vertrauteren Freunden in der Schar der beteiligten Väter und Verwandten fortgepflanzt, von diesen war es im Wege gleicher Tradition zu den übrigen gekommen, die es sodann unter der Jugend selbst verbreiteten, so daß auch der Isolierteste im Laufe zweier Tage erfahren konnte, wie seine Aktien standen. Die Wichtigkeit des Gegenstandes, an welchem die teuersten Interessen des Landes hingen, rechtfertigte dieses geschäftige Treiben, das der offiziellen Bekanntmachung des Ergebnisses der Prüfung weit vorgriff.

Dieses war, vermutlich in Verbindung mit dem kompendiösen Umfange dessen, was er zu Papier hatte bringen können, der Grund gewesen, der Eduarden gestern so früh, daß Wilhelm ihm nicht mehr beikommen konnte, aus dem Examen getrieben hatte.

Der Pfarrer von Y...burg war unerachtet seiner in Essig eingemachten Stimmung immer noch Mensch, Vater und Lehrer genug, um den Sukzeß seines Sohnes mit einiger Genugtuung aufzunehmen. Über den Enderfolg des Examens machte er sich zwar nicht die mindeste Illusion, da er wohl wußte, daß Arithmetik und Geschichte nicht die Schlüssel waren, welche die Tür in das Reich Gottes öffneten. Aber er konnte ihm doch jetzt immerhin jenes Skaldenlied am Heldengrabe singen: »Ehrenvoll ist er gefallen!«

Eben darum aber erkannte er auch, daß seine eigene Position sich verändert hatte, und daß die Entschuldigung, mit der er sich von der Gesellschaft fernhalten konnte, nunmehr wieder weggefallen war. Er entschloß sich daher, in den sauersüßen Apfel zu beißen und seine Spitzbubenhölle mit dem Purgatorium eines Honoratiorenzirkels zu vertauschen. Dies sein eigener cynischer Ausdruck, für den wir begreiflicherweise nicht verantwortlich sind.

So gab er denn am Morgen des dritten und letzten Prüfungstages seinem Sohne den Auftrag, dessen Ausführung wir bereits kennen. Dann setzte er sich in dem grauen Kämmerlein mit den antediluvianischen Ockerspuren auf das wackelige, schneidend schmale Bettgestell, baumelte mit den Beinen, die er in dieser schwanken Stellung noch sehr künstlich an sich ziehen mußte, damit sie nicht auf dem Boden aufstanden, und studierte mit einer Attention, wie er sie niemals der Vorbereitung einer Predigt gewidmet hatte, auf sein Benehmen für den Abend. Er wollte so genießbar als möglich sein, freundlich, gemütlich sogar, aber dabei scharf genug, um jedermann auf der Zunge zu brennen, also sich ungefähr wie eine mit Zucker und Pfeffer behandelte Melone geben. War dieser Tanz auf dem Seil durchgemacht und das Kapital, das er für einen solchen Abend in Bereitschaft gesetzt hatte, aufgezehrt, dann gedachte er alsbald den Staub von den Füßen zu schütteln und die jedenfalls zwischen den Mühlsteinen des persönlichen Zusammentreffens hart bedrohte Freundschaft wieder auf dem Boden der Abstraktion und des schriftlichen Verfahrens in Sicherheit zu bringen.

Während aber der Vater diese Anstalten machte, schob der Sohn die Lage der Dinge aus dem zweiten Stadium völlig in das erste zurück. Von den Examinatoren anfangs wegen seiner Kriegslorbeeren nicht ohne alle Achtung behandelt, verscherzte er diese stündlich mehr und 140 mehr. Nachdem er im Lateinischen und Griechischen Böcke geschossen hatte, welche wegen ihrer Unglaublichkeit nicht mitteilbar sind, stieß er im Hebräischen – denn auch hierin wurde in jenem ehernen Zeitalter schon ein Scherflein Leistung gefordert – dem Fasse vollends den Boden aus. Zum Lesen und Übersetzen einer Stelle aufgefordert, konnte er weder das eine noch das andere, mußte sich Buchstaben für Buchstaben, Wort für Wort vorsagen lassen und zeichnete sich, als es zur Sinnerklärung kam, durch eine, man möchte sagen, pharaonische Verstocktheit aus.

Die vorhergehenden Examinatoren hatten ihn nach und nach aufgegeben. Der Mann des Semitischen aber, ein sehr hartnäckiger Würmerbohrer, wollte ihn durchaus nicht loslassen, sondern setzte ihm erst mit grammatikalischen, dann mit religionsgeschichtlichen Fragen zu und wollte sich um jeden Preis rühmen können, eine Antwort aus ihm herausgefoltert zu haben. Der Vers enthielt unter anderem eine Anspielung auf die Erscheinung, die Moses im Busch gehabt. Da nun der Kandidat beharrlich schwieg, so sagte der Professor zuletzt verächtlich: »Dann werden Sie mir wenigstens sagen können, wer das ist, der dem großen Gesetzgeber im Busch erschien? – der Bewohner des Busches? – der da wohnete im Busch? – nun? – nun? – nun? es ist eine Kinderfrage – nun?«

Der Kandidat schwieg und machte eine Miene, worauf ziemlich leserlich die Antwort geschrieben stand, die er vorgestern nacht seinem Vater gegeben hatte. Der Professor aber hörte nicht auf, mit dem zum Marterwerkzeuge geschliffenen, kurzgestoßenen »Nun?« auf ihn hineinzudolchen, bis das eckige Gesicht in konvulsivischen Bewegungen, gleich denen eines Nußknackers, arbeitete.

»Der Wohner im Busche? – nun? – wer ist das – nun? – nun? – nun?«

»Der Has'!« fuhr Eduard endlich mit finsterer Entschlossenheit heraus.

Da erhob sich ein Gelächter, daß das Haus in seinen Grundfesten wankte. Ja, man will wissen, daß zu dem Neubau desselben, den die Oberschulbehörde nach Jahr und Tag anordnen mußte, an diesem Tage der erste Grund gelegt worden sei.

141

Der Professor ging mit großen Schritten im Saale auf und ab. Er bohrte den Kopf in die Krawatte. Dreimal setzte er an, um etwas Fulminantes zu sagen, aber dreimal blieb ihm die Stimme in der Kehle kleben. Zuletzt trat er mit einer raschen Wendung zu einem anderen Kandidaten und setzte die Prüfung fort, den Verworfenen keines Blickes weiter würdigend.

Eduard von Y...burg saß von nun an wie gezeichnet da. Auch seine Mitkandidaten, nachdem sie genug gelacht hatten, sahen ihn nur noch mit scheuen Augen an. Eine so titanische Unwissenheit mußte ihren Träger gleichsam von der übrigen Menschheit absondern. Er aber kümmerte sich nichts darum, vielmehr schien er froh zu sein, daß seine Ausgestoßenheit ihn aller ferneren Prüfungsqualen und Fragepeinigungen überhob.

Wilhelm von A...berg befand sich in peinlicher Verlegenheit. Wie sollte er sich nunmehr gegen seinen neuen Bekannten verhalten, nachdem dieser zum Paria herabgesunken war? Er kam auf den schlauen Einfall, das gestrige Benehmen desselben zu adoptieren. Begünstigt durch den Platz, den er ziemlich nahe bei der Türe hatte, drückte er sich nach beendigter Prüfung so rasch als möglich, entkam hierdurch jeder Berührung mit der fatal gewordenen Persönlichkeit, flog eilends zu seinem Vater und erzählte ihm, welche entsetzliche Eule dem Sohne des Pfarrers von Y...burg aufgesessen sei.

»Nun kommt er heut abend zweimal nicht,« versetzte der Pfarrer von A...berg wehmütig.

Eduard aber hütete sich wohl, seinem Vater etwas von dem Abenteuer zu sagen, das er in dem brennenden Busche bestanden hatte. Daher, als der Pfarrer von A...berg mit seinem Sohne abends in den uns schon bekannten Garten kam, war das erste, was Wilhelmen in die Augen fiel, der Held des Tages, der mit großer Gemütsruhe an der Kugelbahn stand und den Wechselschicksalen der Neune zusah. Die ältere Ausgabe desselben dunklen Textes befand sich nicht weit davon und schaute mit jener eigentümlichen Art von Behagen, die bei manchen Menschen mit einem ingrimmigen Gesichtsausdruck vereinbar, ja von ihm unzertrennlich ist, in das Menschengewühl, das zwischen den Tischen im Garten hin und her wogte.

»Um's Himmels willen, Vater,« sagte Wilhelm ängstlich, indem er diesen am Handgelenke preßte, »da ist der Eduard von Y...burg! Und das dort muß notwendig sein Vater sein!«

142 »Wahrhaftig, so ist's!« sagte der Pfarrer von A...berg. »Komm, wir wollen gleich auf sie lossteuern. Nimm du dich des Jungen an, der hier sehr verlassen sein wird.«

Wilhelm sah ihn fragend und bedenklich an.

»Tu's nur!« flüsterte sein Vater. »Ich werde es den Herren schon im rechten Lichte darstellen, damit es deinem guten Ruf nicht schaden kann.«

Nach diesen heimlich gewechselten Worten, während welcher beide scheinbar nach andern Seiten hingesehen hatten, eilte der Pfarrer von A...berg, so schnell ihn seine kurzen Beine tragen konnten, mit einem Ausruf der Freude und Überraschung auf den Pfarrer von Y...burg zu, der ihn seinerseits ebenfalls sogleich erkannte. Er öffnete die langen Arme, der Freund stürzte sich hinein, und – zu gleicher Zeit prallten beide, jedoch nur im Herzen, voreinander zurück!

Es ist gefährlich, eine Freundschaft auf dem Papier anzuknüpfen. Das Papier ist – wiewohl auch nicht immer – das Reich der schönen Formen, die Körperwelt ist – wenigstens sehr häufig –, das Gegenteil davon. Wer hat nicht schon einen Schriftsteller aus seinen Werken liebgewonnen und sich die höchste persönliche Vorstellung von ihm gemacht? Es läßt ihm keine Ruhe, er muß sein Auge durch Anschauen der Persönlichkeit erquicken, er reist, er kommt und sieht – die Kehrseite der Stickerei! Es gibt, wo nicht Nationen und Völkerschaften, so doch Zeiten und Epochen in der Entwicklung derselben, wo die vollendete Form nur innerlich, äußerlich nur die vollendete Formlosigkeit oder gar die entschiedene Un- und Mißform zur Erscheinung kommt.

Der Pfarrer von A...berg war zu dick und besonders im Gesicht zu fettglänzend, um geistreich, der Pfarrer von Y...burg zu dürr und besonders im Gesicht zu gelbtrocken, um liebreich auszusehen. Der Pfarrer von A...berg dachte: »Aus diesen Zügen spricht kein Herz.« Der Pfarrer von Y...burg dachte: »In diesem Talge brennt kein Licht.« Eine meilenweite Abstoßung war an die Stelle der Anziehung getreten, welche die beiderseitigen Briefe ausgeübt hatten.

Beide verbargen jedoch ihre Empfindungen. Jeder am Halse des andern. Beide taten das möglichste, von Glück zu strahlen. Der Pfarrer von A...berg nahm den Freund an der Hand und führte ihn seiner 143 Gesellschaft zu, welche mehrere Tische füllte. Da er bereits Abend für Abend die staunenswerte Geschichte der Genesis dieser Freundschaft erzählt hatte, so erkannte jedermann sofort den Pfarrer von Y...burg, der seinerseits das eigentümliche Lächeln, das er rings verbreitet sah, anfänglich auf Rechnung eben dieses Ereignisses schrieb. Er ließ sich daher ruhig nieder, die beiden Freunde tranken unverweilt Brüderschaft, und die Unterhaltung versprach in den besten Gang zu kommen.

Mittlerweile war Wilhelm dem Gebote seines Vaters nachgekommen. Na jedoch ein Stückchen Diplomat in ihm steckte, hatte er Eduarden eingeladen, sich mit ihm nach dem See zu begeben, wo sie der zahlreich im Garten anwesenden Jugend, die den Umgang eines der Krösusse des Landexamens mit dem Irus desselben auffallend finden mußte, ziemlich aus den Augen gerückt waren.

Der See war ein Ententeich an einer minder belebten Seite des Gartens. Er war stark mit wackelndem Geflügel bevölkert. Auch befand sich nicht weit davon das Hauptquartier der Landmacht, bestehend in einer großen Hühnerschar unter den Befehlen eines prächtigen schwarzen Hahns. Damals sah man noch nicht jene cochinchinesischen Podagristen, die zwar von den Eroberungen der abendländischen Zivilisation im fernsten Osten zeugen, dafür aber auch zugleich die sterbliche Ferse dieser Erfolge versinnbildlichen, indem sie, bei jedem Schritt in die Kniee zu sitzen genötigt, den schönsten Garten zu einer Invalidenanstalt machen. Damals herrschte noch in unsern Gärten und Höfen, frisch, fromm, fröhlich, frei, der deutsche Hahn in seinem Jünglings- oder Mannesbewußtsein, in seiner goldbraunen, seiner bläulichschwarzen Schönheit und mit jenem unergründlich dämonischen Zuge, der dem Herrn der Ratten und der Mäuse verwandt genug dünkte, um sich mit der Feder des wackern Jungen zu schmücken.

Ein altergrauer offener Pavillon am Gestade des Teichs nahm die beiden ungleichen Gäste auf. Wilhelm, den sein Vater mit paraten Mitteln versehen hatte, machte den Wirt, sorgte für Bier, für Wurst und trippelte geschäftig hin und wieder, um der Verlegenheit einer Gesprächsanknüpfung so lang als möglich auszuweichen. Nachdem es aber nichts mehr zu sorgen gab, sofern der Wurstvorrat, als der Vergangenheit ungehörig, keinen weiteren Zuspruch motivierte, und die Flasche, die zweite an der Zahl, sich in eine zu freimütige Selbstbewegung gesetzt hatte, um wiederholte Nötigung zu rechtfertigen, da fühlte Wilhelm, daß es für einen Sohn aus gebildetem Hause an der Zeit sei, einen soliden Redeaustausch herbeizuführen. 144

Welchen Anlauf er jedoch nehmen mochte, immer lag der heutige Vorfall als Barrikade dazwischen. Bei jedem Worte fürchtete er, es könnte ihm als eine versteckte Anspielung ausgelegt werden, und faßte daher endlich den Entschluß, geradezu, jedoch mit einer abermals höchst diplomatischen Wendung, auf den Feind loszugehen.

»Aber hören Sie,« begann er, »Sie sind ein rechter Strick! Sie haben heut den Claviculus Salomonis« – so nannte man den hebräischen Professor – »teufelmäßig verhöhnt!«

Mochte er nun das Richtige getroffen haben, oder mochte es dem verunglückten Kandidaten schmeicheln, daß man seine Ignoranz für Bosheit hielt – Eduard erwiderte diese Anerkennung mit einem Blick der innigsten Freundschaft und stieß ein äußerst vergnügtes Gelächter aus. »Nun? – nun? – nun? –« rief er wiederholt, indem er mit großem Geschick die Stimme des Examinators nachahmte und dazu wie dieser den Kopf in den Hals hinunterbohrte, worüber Wilhelm vor Lachen platzen wollte.

»Wenn das Faß auf allen Seiten rinnt,« sagte Eduard, als sich beide müde gelacht hatten, »so muß man ihm lieber selbst den Boden ausstoßen.«

Er gestand nun seinem jungen Gönner, wie er sich glücklich fühle, dem geistlichen Elende für immer entgangen zu sein, und wie er absichtlich auf dieses Ziel hingearbeitet haben würde, wenn er nicht vorausgesehen hätte, daß die Sache sich ganz naturgemäß von selber machen werde.

Wilhelm fragte ihn, was er denn aber werden wolle?

»Am liebsten Has' im Busch!« erwiderte Eduard, seine eigene eckige Person dem Gelächter preisgebend, in welches alsbald beide von neuem einstimmten.

»*Lepus timidus!*« rief Wilhelm. »Das wäre doch ein ruhmloser Beruf, von dem man obendrein nicht einmal sagen könnte: ›*bene qui latuit bene vixit*‹.«

Eduard schämte sich nicht, um eine Übersetzung dieses Brockens zu bitten. »Und warum denn nicht?« fragte er dann. »Wenn ein gutes Versteck auch nur vor dem Examen schützt, so ist es schon mehr wert als eine Lebensversicherung.«

»Zugegeben,« sagte Wilhelm lachend. »Aber vor dem Schwitztag, da die Hunde das Examen halten, ist er eben im besten Versteck nicht sicher, weil sie ihn doch zuletzt kriegen, den dummen Kerl.«

Er hatte diese Bemerkung über den Hasen bloß gemacht, um etwas zu sagen, damit die Konversation nicht einschliefe. Unvermutet aber hatte er das rechte Register gezogen, bei dessen Klange Eduard ins Feuer geriet.

»Da sind Sie schief gewickelt!« rief dieser eifrig. »Es ist bei den Hasen wie bei den Menschen, es gibt dumme und gescheite. Ich hab' einmal einem Hasen zugesehen, dem die Hunde über eine Stunde lang vergebens zugesetzt hatten. Als es ihm entleidet war, trieb er einen andern Hasen auf, legte sich in dessen Lager und sah pomadig zu, wie die Hunde, ohne die Verwechslung zu merken, diesen seinen Einsteher jagten und am Ende faßten.«

»Das wäre!« rief Wilhelm.

Eduard, der sich jetzt ganz auf seinem Felde fühlte, fuhr fort, die erstaunlichsten Geschichten aus dem Tierleben zu erzählen. Nachdem er gar von einem Hasen berichtet, der dem verfolgenden Hunde endlich ins Gesicht gesprungen sei, so daß dieser vor Schrecken Reißaus genommen habe, ging er auf den Specht über und erzählte, wie dieser Baumhacker ihn einmal, da er denselben mit der Flinte gefehlt, unter einem wahrhaft höllischen Hohngeschrei von Baum zu Baum bis an den Ausgang des Waldes begleitet habe, ohne sich durch das mehrmals nach ihm gerichtete Gewehr aus der Fassung bringen zu lassen, weil er wohl gewußt, daß kein Schuß mehr im Laufe sei.

Dann erzählte er von den Raben, sie seien zwar sehr abgeführte Patrone, die auf sich zielen lassen, ohne sich zu rühren, bis sie den Finger am Drücker in Bewegung sehen; dann fliegen sie, eben noch im letzten Augenblick weg, den Schützen seinem Ärger überlassend. Nur zählen können sie nicht. Er belegte dies mit der Geschichte eines seiner Vertrauten, eines Wilderers, der den Raben in einem Versteck am Walde manchen Tag vergebens aufgelauert hatte. Sie hatten ihn mit dem Gewehr in seine Hütte gehen sehen und kamen nicht auf Schußweite heran. Zuletzt verfiel er darauf, einen andern, der gleichfalls ein Gewehr tragen mußte, in seine Hütte mitzunehmen und nach einiger Zeit wieder fortzuschicken. Nun glaubten die Raben, die den Mann mit der Flinte hatten fortgehen sehen, das Feld sei rein, und ließen sich seitdem

146

nach Bequemlichkeit schießen, so oft dieser Kunstgriff angewendet wurde. Auch wurden sie nicht durch Schaden klug, daß sie hätten zwei zählen gelernt.

»Da wär's ihnen wohl schwer geworden, die Dauer des Dreißigjährigen Krieges anzugeben,« bemerkte Wilhelm verbindlich.

Eduard, nachdem er diese Höflichkeit mit einem dankbaren Lächeln erwidert, fuhr unermüdlich in seinen Geschichten fort. Er flunkerte zwar ein wenig. Er behauptete, er habe ein Eichhörnchen auf einem großen Schilfblatt über eine zum Überspringen zu breite Stelle eines Waldbaches schiffen sehen, wobei es seinen Schwanz als Segel aufgespannt, um den Wind zu fangen, und mit einem Fuße gerudert habe. Er erzählte ein wundervolles Beispiel von der Schlauheit eines Frosches, der, als eine Gans ihn habe fressen wollen, das Gegenteil von der bekannten Mechanik des Ulmer Spatzen angewendet habe. Dieser trug bekanntlich den Strohhalm im Schnabel den langen Weg durch das Tor, um den Bauleuten zu zeigen, wie sie es angreifen müssen, um den Balken hindurchzubringen. Der Frosch aber habe in seiner Gefahr und Todesnot geschwind ein Stecklein aufgerafft, dasselbe quer im Maul gehalten und so fest darauf gebissen, daß die Gans nicht imstande gewesen sei, ihren Verschlingungsversuch zu vollenden. Nun wissen jedoch die Naturforscher, daß die Gänse grundsätzlich keine Frösche fressen, folglich sie auch nicht zu Erfindungen in der Mechanik veranlassen. Die Überfahrt des Eichhörnchens sodann mochte wohl auch billig zu den vielen fabelhaften Seeabenteuern, woran die Geschichte der Schiffahrt so reich ist, gerechnet werden. Wilhelm jedoch war kein Naturkundiger und erfreute sich der Mitteilungen seines Freundes ohne alle Kritik.

Eduard erzählte, nicht eben was der Wald sich erzählt, aber doch, was im Walde vorgeht. Er kannte alle Kräuter, Halme, Sträucher, Stauden und Bäume, und letztere nicht bloß von der Wurzel bis zum Gipfel, sondern auch in ihren wohnlichen Beziehungen und Verhältnissen, sofern es nämlich keinen Baum gab, den er nicht erklettert hatte, um in die Vogelnester zu gucken. Von jedem Vogel wußte er zu sagen, wie viele und welcherlei Farbe Eier er lege, und wie er sein Nest baue, bis auf jenen Sonderling, der kein eigen Haus hat, sondern sich, auf fremde Unkosten jedoch und ohne Hauszins zu bezahlen, in der Miete behilft.

»Ist es denn wahr,« fragte Wilhelm hastig dazwischen, »daß dieser undankbare Kostgänger seine eigene Pflegemutter frißt?« – Diese Frage [147] enthielt ungefähr alles, was er aus der Naturgeschichte wußte.

»In der Geschwindigkeit mag's ihm mitunter passieren, absichtlich tut er's nicht,« belehrte ihn Eduard. »Es gibt nichts Heißhungrigeres, als einen jungen Kuckuck, und wenn die Grasmücke, oder wer ihn just in Kost genommen hat, ihm beim Ätzen den Schnabel und Kopf etwas zu tief in seinen weiten Nachen steckt, so ist er wohl kapabel, aus Freßgier das mütterliche Haupt mitzuschlucken, aber, wie gesagt, nur im unüberlegten Eifer und Geschäfte halber an nichts denkend.«

Am ausführlichsten erzählte er von dem Staatsleben der Ameisen in Wald und Feld. Er beschrieb, mit welcher Aufopferung sie für die Zivilliste ihres königlichen Hauses sorgen, wie uneigennützig jeder einzelne für die Gesamtheit arbeite, wie tapfer jeder Soldat den Staat verteidige. Er konnte kaum aufhören, den industriellen Ehrgeiz dieser kleinen Arbeiter zu schildern, wie sie Lasten schleppen, die im Verhältnis zu ihrem Körper alles übertreffen, was der zweibeinige Lastträger sich auflade; wie sie sechsmal darunter zusammenbrechen und immer wieder von neuem angreifen, bis endlich andere dem erliegenden Arbeitsgenossen zu Hilfe kommen; wie der einzelne, wenn er kein eßbares Körnlein gefunden habe, wenigstens ein trockenes Blättchen oder ein Stückchen dürre Erde zum Boden der Speisekammer herbeischleppe, weil er sich schämen würde, mit leeren Händen heim zu kommen. Zu geschweigen von ihrem Witterungssinn, der sie lehre, ihren gemeinschaftlichen Vorrat, den sie bei gutem Wetter täglich zum Trocknen in die Sonne heraustragen, vor einem Regen stets so sicher ins Nest zurückzubringen, wie jene Reichsbürger ihre Spritzen immer acht Tage vor einer Feuersbrunst probierten, – hatte er einst einen Zug von Klugheit an ihnen belauscht, der seinen Zuhörer, unter Mitwirkung der dritten Flasche, bei welcher sie angelangt waren, bis zu Tränen rührte. Eine Ameisenrepublik war nämlich einmal auf den Einfall gekommen, ihr Korn zu monden, statt es zu sonnen. Als er sich nach der Ursache dieser seltsamen Maßregel umsah, entdeckte er, daß sich den Tag über Tauben in der Nähe aufhielten, welche den Körnerfrüchten gleichfalls nicht abhold sind. Er verjagte sie, und sobald die plagiarischen Vögel entfernt waren, brachten die Ameisen ihren Vorrat wieder bei Tage auf den Trockenplatz. [148]

Dürfen wir uns hier nebenbei eine Bemerkung erlauben, so meinen wir die letztere Beobachtung um so mehr für anerkennenswert erklären zu sollen, da die Lehre, daß auch der Mond einen gelinden Grad von Wärme entwickle, damals in der Naturwissenschaft noch wenig vertreten war.

Dem sei indessen, wie ihm wolle – Wilhelms lateinische Seele, die ihre bisherige Knospenzeit über Büchern und Vokabeln verlebt hatte, sog die ungewohnten Naturtöne durstig ein. Der so günstig situierte Nutznießer dieser Seele ahnte heut zum erstenmal, daß ein voller Schulsack den Menschen nicht völlig ausfülle, auf die Dauer glücklich mache und vor allen Anfechtungen des Lebens bewahre. Es überkam ihn wie eine Erleuchtung, daß er neben diesem Auswürfling der werdenden gelehrten Welt nur etwas Halbes sei, daß, wenn er ihm allerdings auch mit einer schönen Dosis Grammatik auf die Beine helfen könnte, derselbe doch andererseits hinwiederum ihn selbst gar wesentlich ergänzen würde.

»*Animae dimidium meae,*« rief er in plötzlicher Begeisterung, »wir müssen notwendig smollieren!«

Nachdem Eduard sich diese Ausdrücke hatte verdolmetschen lassen, erklärte er, daß er dabei sei, und die beiden Söhne tranken in so kunstgerechten Formen Brüderschaft, wie die Väter sie vorhin getrunken hatten. Es gehörte zu Wilhelms humanistischer Bildung, die Formen des *Smollis* und *Fiducit* los zu haben.

»Bruderherz,« begann er, nachdem die feierliche Pause auf diesen erhabenen Akt verstrichen war, »es ist doch teufelmäßig schade, daß du durchfallen wirst. Sieh, wir beide, wenn wir in ein Individuum zusammengeschmolzen wären, oder wenn wir wenigstens miteinander unseren Lauf durch die Klöster machen könnten, wir wollten es mit der ganzen Welt aufnehmen. Was sagt Don Carlos? ›Arm in Arm mit dir, so fordr' ich mein Jahrhundert in die Schranken!‹«

»Ja, das ist nun nicht anders zu machen,« versetzte Eduard.

»Was hast du denn jetzt vor?« fragte Wilhelm.

Eduard blickte sinnend in das fallende Laub der Bäume. »An die tausend Ohrfeigen,« begann er nach einer Weile, »hab' ich von meinem Alten nach und nach eingenommen. Ich führe strenge Rechnung darüber. Wenn das Tausend vollends voll ist – weit ist's nicht mehr davon, und da er nach dem Ausgang des Examens nicht weiß, was er mit mir anfangen soll, so wird er's bald dahin gebracht haben – dann warte ich die tausend und erste nicht ab, sondern gehe zum Teufel.«

»Was? du wirst doch nicht *per* brennen wollen!« rief Wilhelm erschrocken.

»Was heißt das?« fragte Eduard.

»Nun, eben das, was du gesagt hast: durch die Latten gehen. Was wolltest du denn in der Welt anfangen, allein und ohne Hilfe?«

»Das ist meine geringste Sorge. Ich freue mich schon darauf, dir einmal meine Abenteuer zu erzählen.«

Immer höher sah Wilhelm an diesem jungen Menschen empor, aus dessen Selbstvertrauen schon ein fertiger Mannescharakter sprechen zu wollen schien, neben welchem er selbst, in seiner festgesetzten, vorsorgenden, leitenden Laufbahn, sich fast wie das Kindlein in der Wiege vorkam. Es war ihm, dem Sohne des Glücks, als ob er in diesem seinem Widerspiel vielmehr eine Stütze und einen Stab gefunden hätte, den er nimmermehr von der Hand lassen sollte.

»Werden wir uns denn jemals wiedersehen?« fragte er wehmütig.

»Gewiß!« antwortete Eduard. »Wir wollen ein Losungswort verabreden, an dem wir einander wieder erkennen, wenn auch die Jahre uns noch so sehr verändert haben sollten. Wiewohl,« setzte er lachend hinzu, »meine Figur wird sich immer gleich bleiben, und ein Steckbrief, den man mir heut schriebe, würde noch nach zwanzig Jahren seine gute Wirkung tun.«

»Gib die Parole,« sagte Wilhelm.

»Gib *du* sie,« entgegnete Eduard. »Du weißt mehr als ich.«

Wilhelm dachte eine Weile nach. »*Biribinker*!« sagte er endlich.

»Was ist das für ein Tier?« fragte Eduard.

Wilhelm hatte kürzlich, zur Erholung zwischen seinen Vorbereitungen auf das Examen, den Don Sylvio von Rosalva gelesen, worin die Geschichte des Prinzen jenes Namens eingeflochten ist. Er erzählte sie, und die beiden Knaben lachten mit unbefangener Ausgelassenheit über die verfänglichen, mutwilligen Einfälle, welche die ›zierliche Jungfrau von Weimar‹ in jenem Feenmärchen zum besten gibt.

»Gut!« rief Eduard. »*Biribinker* soll unsere Losung sein.«

Sie stießen darauf an und versicherten einander unter begeisterten Schwüren eines ewigen, unauslöschlichen Andenkens.

Dann begaben sie sich in die an den Garten stoßenden Wirtschafts-
150 zimmer, in die sich die Gesellschaft bei der zunehmenden Kühle des Abends schon längst zurückgezogen hatte. Die übrige Jugend war nach Hause oder in ihre Gastquartiere entlassen worden. Die beiden Knaben setzten sich hinter den Ofen, um im Trocknen mit anzuhören, was von den Erwachsenen *inter pocula* gesprochen wurde, und des Aufbruchs ihrer Väter zu harren.

Hier hatte sich der anfangs heitere Horizont nach und nach getrübt.

Dem Pfarrer von Y...burg war das stehende Lächeln, das ihm die Gesellschaft entgegenhielt, allmählich mehr und mehr aufgefallen, und das um so unangenehmer, als es, bei einzelnen Mitgliedern wenigstens, mit einem stillen Mitleid tingiert erschien. Er fragte seinen Freund von A...berg mit großer Schärfe in Blick und Ton, was das sonderbare Benehmen der Leute bedeuten solle.

Dieser befand sich in peinlicher Verlegenheit. Er wußte nicht, ob Eduard seinem Vater gestanden hatte, was ihm im heutigen Examen begegnet war; indessen hatte er allen Grund zu glauben, daß dies nicht geschehen sei, denn wie hätte der Pfarrer von Y...burg sonst so ruhig und selbstbewußt auftreten können? Daß aber die Geschichte mit dem brennenden Busch bereits zum Stadtgespräche geworden war, daß sämtliche Anwesende darum wußten – ihm das zu sagen, war vollends die reine Unmöglichkeit.

Er gab daher vor, es sei hierorts eben einmal die Art, dem Fremden ein solches Gesicht zu machen; dasselbe bedeute eine gewisse Leutseligkeit, mit großstädtischem Selbstgefühl gepaart, jedoch nicht ganz ohne Verlegenheit, eine Mischung also, für die es keinen anderen Ausdruck gebe, als diese stehende Form.

Der Pfarrer von Y...burg brummte dagegen, diese Form komme ihm ziemlich blödsinnig vor. Er sagte es zwar nur halblaut, aber doch mit so viel Nachdruck, daß seine Worte reichlich in ein halbes Dutzend Ohren fielen. Das Lächeln nahm alsbald von mehreren Seiten einen spitzeren Charakter an, wodurch seine Gereiztheit nur noch stieg. Er glaubte dem Freunde nicht, sondern fühlte sich als das Stichblatt einer stillen Geringschätzung, die nach seinem Dafürhalten wohl nur daher kommen konnte, daß er vom Lande, unbekannt und nicht in den besten Umständen war.

In seinem menschenfeindlichen Herzen begann die Rache zu kochen.

Er hatte in den paar Tagen seines Hierseins von seiner Wirtin, die er häufig vor der Türe seiner Spelunke mit Nachbarinnen und Mägden schwatzen hörte, unwillkürlich einen stattlichen Vorrat Beiträge zur Skandalchronik der Stadt und des Landes aufgeladen. Von diesen machte er jetzt zu seiner Genugtuung Gebrauch, indem er bei der ersten Gelegenheit ein Kreuzfeuer von Streifschüssen, Anspielungen und Hühneraugentritten eröffnete, welche um so furchtbarer wirkten, als ein Mann, der in seiner Einsiedelei so vieles aus der Welt erfahren zu haben schien, für noch weit allwissender gehalten werden mußte, als er in Wirklichkeit war.

Es dauerte denn auch nur kurze Zeit, so war der dunkelgesichtige Pfarrer von Y...burg der gefürchtetste Gast am Tische; denn wer auch für sich selbst keine Hühneraugen hat, der ist doch häufig mit näheren oder ferneren Angehörigen begabt, so welche haben. Die spöttischen Mienen verschwanden, aber dafür tauchten Blicke des Hasses auf, die den armen Pfarrer von A...berg auf glühende Kohlen setzten und jeden Augenblick eine gefährliche Katastrophe besorgen ließen.

Da stürzten zu seiner großen Erleichterung ein paar Nachzügler mit einer politischen Neuigkeit in die Versammlung. »Wißt ihr's noch nicht?« riefen sie. »Soeben ist die Nachricht beim österreichischen Gesandten angekommen. Der Miaulis hat den Kapudan Pascha wieder einmal in die Luft geblasen, zum zweitenmal in einem Jahr!«

Die ganze Gesellschaft sprang auf.

»Hurra!«

»Ein Teufelskerl, der Miaulis!«

»Kapudan hoch!«

»Ei, ei!« bemerkte ein bedächtiger alter Kanzleibeamter, »wenn der jetzt zweimal aufgefahren ist, so wird er wohl das Fliegen besser gelernt haben als der Schneider von Ulm.«

Alles lachte, und man belehrte ihn, sich in die Luft sprengen zu lassen, sei eine Verrichtung, die den ganzen Mann in Anspruch nehme, oder, wie ein Buchhändler hinzufügte, bei einer Auflage von fraglichem Feuerwerk werde jeweils auch eine Auflage von Kapudan Pascha verbraucht.

»Also *da capo!*« rief der Kanzleirat.

»*Vivat sequens*« rief ein junger Vikar, der frisch von der Universität herkam.

»Und mögen alle die Pumphosen bis zum Großtürken hinauf hinter ihm drein fahren!«

152 »Und der Metternich –«

Ein junger Aktuarius hatte diesen Ausruf begonnen, konnte ihn aber nicht vollenden, denn ein vorsichtiger Finanzbeamter schnitt die Fortsetzung ab mit der Frage: »Was macht denn der Alexander Ypsilanti?« Und als ihm geantwortet wurde, der sitze immer noch, wandte er sich an einen pensionierten Steuerbeamten, der sich nebenher mit Poesie beschäftigte, und forderte ihn auf, diesem Patrioten ein Musenopfer zu bringen.

»In meiner nächsten Muselstunde soll's geschehen!« beteuerte der Aufgeforderte mit geschmeicheltem Lächeln.

Eine Bewegung unterdrückter Heiterkeit lief über den Tisch. Um dieselbe unmerkbarer zu machen, rief einer: »Es ist doch schändlich von den Österreichern, den griechischen Helden so mir nichts, dir nichts einzustecken!«

»An England wär's, ihnen das zu verbieten!« rief ein anderer. »England soll seine Schuldigkeit tun!«

»Nein, Rußland!« rief ein dritter. »Der Kaiser von Rußland ist ja der Griechen nächster Glaubensgenosse«

Über diesen Artikel erhob sich eine lebhafte Diskussion welche, da jeder nur auf sich selbst hörte, zu keinem Resultate zu führen versprach, bis der Pfarrer von Y...burg eine augenblickliche Pause des Atemholens benützte, um tückisch zu bemerken: »Ehe wir beraten, welche von diesen beiden auswärtigen Mächten wir dazu anhalten sollen, ihre Pflicht zu tun, möchte es vielleicht geratener sein, vorher anzufragen, welche von beiden am geneigtesten sei, unserem Ansinnen nachzukommen.«

Diese Äußerung machte, wie begreiflich, einen unangenehmen Eindruck, und sämtliche Debattanten wollten sich gegen den gemeinsamen Widersacher vereinigen, als der Pfarrer von A...berg mit hochgehobenem Glase dazwischensprang, um die Traufe von dem Herausforderer des Schicksals abzulenken. »Die edlen Griechen sollen leben!« rief er mit dem ganzen Aufwand seiner etwas öligen Stimme. »Der Miaulis und seine Heldentat! Hoch, und abermals hoch, und zum drittenmal hoch!«

Mit begeistertem Zuruf und Gläserklang stimmte alles in seinen Toast. Als er aber mit dem Glase an den Pfarrer von Y...burg kam, zog dieser das seinige zurück, blieb sitzen und schüttelte spöttisch lachend den Kopf.

»Was?« rief der Pfarrer von A...berg bestürzt: »Du willst nicht auf die Griechen anstoßen?«

Ein Gemurmel der Entrüstung erhob sich in der Gesellschaft.

»Sie halten's also mit den Türken?« fragte einer geringschätzig.

»Ich bin kein Politiker,« antwortete der Pfarrer von Y...burg. »Was geht der Türk' mich an –«

»Das ist aus dem Wallenstein!« bemerkte ein Referendarius halblaut dazwischen, und einige lachten.

»Aber muß ich deshalb die Partei der Griechen nehmen?« fuhr der Pfarrer von Y...burg fort. »Der Deutsche freilich hält's mit jedem Volk, das für ihn die Kastanien aus dem Feuer holt und eine Revolution macht. Warum immer nur andere vorschieben?«

»Wollen Sie damit sagen, der Deutsche solle selbst eine Revolution machen?« fragte ein Justizbeamter mit strengem Ton, indem er ihn mißtrauisch ansah.

»Nein,« entgegnete der Pfarrer von Y...burg, »ich glaube, er hat kein Genie dazu.«

»Seien Sie außer Sorgen!« rief ein anderer. »Der Herr Pfarrer erlaubt ja nicht einmal den Griechen gegen die Türken aufzustehen.«

»Gegen die Bluthunde!« rief alles zusammen.

»Volkskriege,« bemerkte der Pfarrer von Y...burg, »werden nicht mit Samthandschuhen geführt, auf einer Seite so wenig wie auf der andern.«

»Aber auf der einen Seite sind's doch Christen!« rief man ihm zu.

Er blickte seine anwesenden Kollegen skeptisch an. »Ich weiß nicht, wie weit *wir* diese Schismatiker als Christen anerkennen dürfen,« warf er hin. »Übrigens,« setzte er gegen die weltlichen Mitglieder der Gesellschaft hinzu, »verbietet das Christentum alle und jede Revolution und gebietet noch obendrein, auch die Nichtchristen als Menschen gelten zu lassen.«

»Die wackern Perser, ja! Es leben die Perser!«

»Weil sie diesmal die Türken angegriffen haben,« erwiderte er. »Ein andermal geht's vielleicht umgekehrt, dann lassen wir die edeln Türken gegen die Hunde von Persern oder dergleichen hoch leben.«

Die Wendung, die das Gespräch nahm, wurde immer verdrießlicher. Ein allgemeiner Sturm stand bevor. Der Pfarrer von A...berg fühlte sich

154

daher von der menschenfreundlichen Absicht beseelt, sich selbst seinem Freunde als Hauptopponent gegenüber zu stellen und auf diese Weise den Streit womöglich in ein friedlicheres Fahrwasser einzuleiten.

»Aber warum willst du denn nicht wenigstens auf den Miaulis mit mir anstoßen?« fragte er wehmütig. »Du wirst doch anerkennen müssen, daß es eine hohe und edle Tat von ihm war.«

»Ich kenne den Mann nicht persönlich,« antwortete der Unverbesserliche mit einer Trockenheit, die jedes edlere Gemüt zur Verzweiflung bringen mußte. »Kann also den inneren Wert seiner allerdings heroischen Mordbrennerei nicht beurteilen.«

»Mordbrennerei!« rief alles mit einem Schrei der Empörung.

»An und für sich ist's nichts anderes,« behauptete er. »Und obendrein am Admiral seines bis jetzt rechtmäßigen Fürsten begangen! Freilich pflegt man das Mittel nach dem Zweck zu beurteilen, und wieder den Zweck nach dem Mittel, je nachdem es gerade bequem ist.«

»Das ist kasuistisch gesprochen!« bemerkte der Justizbeamte, der vorhin auf Miaulis mit angestoßen hatte und nun von der Ahnung eines logischen Witterungsumschlags beunruhigt sein mochte.

»Die Kasuistik ist nicht in mir, sie ist in den Köpfen der Leute,« entgegnete der Pfarrer von Y...burg. »Wo die Revolution für geheiligt gilt, da wird der Krieg als gerecht, die Brandstiftung als erlaubt, der Meuchelmord als gottgefällig angesehen: wo nicht, da verschreit man die unschuldigste Requisition als gemeinen Raub und Diebstahl. Was dem einen recht ist, muß dem andern billig sein. Haben wir da anerkannt, daß eine revolutionäre Tat mit Recht begangen worden sei, so müssen wir dort auf's allermindeste zugeben, daß sie wenigstens in gutem Glauben begangen worden ist, denn die Entscheidung über das wahre Recht steht uns nicht zu. Wohin führt aber das? Dürfen wir bei solchen Grundsätzen« – fügte er mit erhobener Stimme hinzu – »wenn zum Beispiel ein solcher Patriot, zufällig kein griechischer, dem Feinde seines Volkes, oder wen er just dafür hält, den Dolch *bona fide* für Freiheit und Vaterland in die Brust stößt, dürfen wir ihn in den Köpfstuhl des ordinären Mörders setzen?«

Er hatte die letzten Worte gegen den Justizmann gerichtet, dem er ohnehin seine Interpellation von vorhin nachtrug, und blickte nun triumphierend um sich her.

Diese ebenso behutsame als malitiöse Nutzanwendung brachte ein peinliches Stillschweigen hervor. Der Schatten einer verhängnisvollen Tat, die eben in der frischesten Wirkung stand, schwebte drückend über der Gesellschaft, und keiner konnte etwas sagen, ohne sich nach der einen oder andern Seite hin zu kompromittieren. Allein gerade das hatte der Menschenfeind beabsichtigt. Ein gesinnungsloser Widersacher der edlen Griechenbegeisterung – sei es nun aus Zerwürfnis mit den klassischen Studien, sei es, weil diese Begeisterung denen, die sie ausübten, nicht so gefährlich war, wie seine Mißgunst wünschen mochte, sei es aus purer Bosheit überhaupt – hatte er künstlich, ja man darf wohl sagen gewaltsam, auf die Frage vom politischen Meuchelmorde zu laviert, nur um die Gesellschaft durch schadenfrohe Konsequenzenzieherei in Verlegenheit zu bringen. 155

Der Pfarrer von A...berg fühlte, daß der Moment den Versuch einer abermaligen Diversion gebiete. »Du bist vielleicht doch etwas zu streng gegen den Meuchelmord,« hob er sanftmütig an. »Nach deiner Theorie müßte auch die Tat des Tell verdammt werden, und doch stellt man sie auf dem Theater dar.«

»Zu meinem Glück habe ich mit der Theaterzensur nichts zu schaffen,« erwiderte der Pfarrer von Y...burg, »und kann nur so viel sagen, daß mich Tell durch seine Disputation mit Parricida nicht völlig über die moralische Berechtigung seines Geßlerschusses aufgeklärt hat.«

Die Gesellschaft atmete leichter und ging auf eine lebhafte Erörterung des neuen Themas ein, wobei sich die meisten Stimmen dahin vereinigten, daß allerdings zwischen diesen beiden Mordtaten ein meilenweiter Unterschied stattfinde, indem ja Geßler nicht Tells Vetter gewesen sei, und daß letzterer also von jedem Vorwurfe freigesprochen werden müsse.

Der Pfarrer von Y...burg lachte hämisch vor sich hin, was jedoch im Geräusche der allgemeinen Diskussion überhört wurde. Überhaupt schien die Unterhaltung jetzt zu einem leidenschaftsloseren Gange zurückkehren zu wollen, als der Pfarrer von A...berg in seinem unseligen pazifikatorischen Eifer das eben erlöschende Feuer von neuem anschürte, um sich schließlich selbst die Finger daran zu verbrennen.

Er hatte sich noch ein zweites historisches Beispiel in den Kopf gesetzt, durch dessen Aufstellung er die Kontroverse vollends recht weit von der Gegenwart und ihren epinösen Fragen hinwegführen zu können 156 hoffte. »Und,« fuhr er daher fort, sobald eine Pause ihm wieder zu reden gestattete, »einen Harmodios, einen Aristogiton, deren Preis wir schon in der Schule sangen, willst du auch *sie* als Meuchelmörder brandmarken?«

»Daß man in unsern Schulen den Meuchelmord predigt, hat in der Tat etwas Komisches,« bemerkte der Pfarrer von Y...burg mit sardonischem Lachen. »Indessen bin ich auch hier weder Angreifer noch Verteidiger, sondern bleibe auf dem Standpunkt, den ich von Anfang eingehalten habe. Die Sache selbst ist mir gleichgültig, ich frage einfach bloß nach der Konsequenz. Bekanntlich war Hipparch – auch Hippias bis zu jenem Unglückstage seines Hauses – ein so liberaler, ja ein liberalerer Fürst, als irgend ein heutiger. Wenn man nun irgendwo in der Welt, um die Republik einzuführen, einen liberalen Fürsten *via* Meuchelmord aus dem Wege räumen durfte oder darf –«

»Halt!« rief der Pfarrer von A...berg, »das waren ganz andere Verhältnisse!«

»Nein, nein!« unterbrach ihn der konservative Jurist, der sich selbst vielleicht in dem entfernten Verdacht haben mochte, vor Zeiten einmal für jene beiden athenischen Meuchelmörder und Märtyrer geschwärmt zu haben, und der die Gelegenheit zu einer gründlichen Disziplinierung seiner eigenen Ansichten ergreifen wollte. »Nein, gewiß wäre Athen unter den Pisistratiden viel glücklicher gewesen als unter der Republik, die mit der Zeit einen Gerber Kleon und derlei Halunken gebar.«

Nun war es, als ob an einem Wehr die Floßgasse geöffnet wäre und die Fluten donnernd übereinander stürzten, so heftig brach in der Gesellschaft der Streit über die zujüngst aufgeworfene Frage aus. Da jedoch die meisten künftige konstitutionelle Monarchisten waren, so ereignete sich der sonderbare Umstand, daß Harmodios und Aristogiton, die armen Jungen, einst die Sterne der Jugend, jetzt aus politischen Rücksichten *per majora* verurteilt wurden. Die Minderzahl, vielleicht aus embryonischen Ultras bestehend, gab sich alle Mühe, sie zu retten, und bot daher die ganze Kraft der Stimmen auf; allein dieses Vorbild wurde sogleich von der Mehrheit nachgeahmt, und so war bald vor lauter Hören gar nichts mehr zu vernehmen. Damals ruhte noch im Schoße der Zukunft die Wirksamkeit jenes berühmten rheinischen Kammerpräsidenten, der mit dem durchschlagenden Worte, das er in die Stürme
157 der parlamentarischen Debatte schleuderte: »Meine Herren, es kann

nur einer zugleich sprechen!« bekanntlich seither allem und jedem Geschrei in Süddeutschland ein Ende gemacht hat.

Mitten in diesem allgemeinen Chaos und wilden Durcheinanderwogen der Elemente ereignete sich jedoch auf einmal ein höchst unerwartetes, wahrhaft seltsames Schauspiel. Die beiden Pfarrer von A...berg und Y...burg hatten sich während der allgemeinen Schlacht in einen Einzelkampf miteinander verwickelt, wobei auf seiten des letzteren neben dem Mißbehagen über die heutige Umgebung und ihren Lärm das schon von Hause mitgebrachte fatale Temperament, auf seiten des ersteren aber das Gefühl, daß durch eine so verbissene Opposition gegen alle hellenische Herrlichkeit alter und neuer Zeiten jegliches Maß des Unbilligen überschritten sei, sowie bei beiden der nicht ganz überwundene antipathische Eindruck des ersten Anblicks, gleichmäßig mitgewirkt haben mag.

Was eigentlich Gang und Wendung ihres in dem allgemeinen Geräusche unhörbar gebliebenen Streites gewesen, ist niemals enträtselt worden, da der Pfarrer von A...berg es nachher selbst nicht mehr wußte und der Pfarrer von Y...burg, vielleicht aus dem gleichen Grunde, ein tiefes Stillschweigen darüber beobachtete. Gewiß ist, daß beide in ziemlicher Verwirrung und so zu sagen Auflösung aus dem Kampfe hervorgingen, gewiß aber auch, daß derselbe mit großer Erbitterung geführt worden sein mußte. So bezeugte später ein wohlwollender Rechnungsbeamter, der ihnen vergebens zugesprochen hatte, weder um der neuen noch alten Griechen willen Händel anzufangen, sondern sich als gute gemütliche Deutsche miteinander zu vertragen. Ein Protokoll ihres Wortwechsels konnte aber auch er nicht eröffnen; es war im Bier untergegangen.

Als die Gesellschaft endlich Auge und Ohr dem überraschenden Zwischenfall zuwendete, nahm sie nur noch das letzte traurige Stadium und den beklagenswerten Ausgang des Kampfes wahr. Der Pfarrer von A...berg war fast blaurot vor Aufregung geworden, und seine Haare schienen nicht abgeneigt, sich zu sträuben. Der Pfarrer von Y...burg sah kälter aus, aber in seinen Augen brannte ein giftiges Feuer, daher das Schlagwort, das man jetzt leider aus dem sonst freundlichsten, leutseligsten Menschenmunde explodieren hörte, gleichwohl nicht ganz unbegründet war.

»Giftmichel!« schrie ihn nämlich der Pfarrer von A...berg an. 158

»Strohkopf!« gab der Pfarrer von Y...burg zurück.

Der Pfarrer von A...berg holte Atem. »Metternichianer!« donnerte er dann.

»Meuchelmörder!« warf ihm der Pfarrer von Y...burg ins Gesicht.

Erstarrt über diese Donnerschläge aus blauem Himmel, saß die Gesellschaft sprachlos da.

Der Pfarrer von A...berg, gleichfalls sprachlos über eine so ganz unerträgliche, mit geistlichen Waffen nicht abzuwehrende Beschuldigung, machte, obwohl nur sehr von weitem, eine etwas kriegerische Bewegung nach einer leeren Flasche, wurde jedoch von seinem Nachbar gehalten, welchen Freundschaftsdienst er ihm mit einem stummen, aber innigen Dankesblick vergalt. Hieran konnte jeder Billigdenkende ermessen, daß der sanfte Mann, selbst in der höchsten und gerechtesten Wut, mehr nicht als eine bloße Demonstration beabsichtigt hatte.

Allein, der Pfarrer von Y...burg nahm Glas und Flasche, um von ihm auszuwandern. »Ich will weder auf moderne, noch auf antike Art gemeuchelmordet werden,« sagte er hämisch und setzte sich mit eisiger Ruhe an eine andere Seite des Tisches.

Die beiden Knaben hinter dem Ofen drückten einander die Hände, zum Zeichen, daß sie keinen Teil haben wollten an dem blutigen Haß der Häuser Friedland, Piccolomini.

Die Gesellschaft war in stumme Bestürzung versunken. Sie blickte teilnehmend auf den Pfarrer von A...berg. Seine Wut legte sich, und stille Trauer trat an ihre Stelle. Die Tränen rollten ihm in das Bier. Seine Wehmut wurde laut und lauter. Er stieß mit den Freunden an, die ihm übrig geblieben waren, umarmte und küßte sie, tief gerührt, rief, es gebe doch trotz alledem und alledem immer noch gute Menschen in der Welt, und schluchzte unendlich über diese tröstliche Tatsache.

Der Pfarrer von Y...burg dagegen saß bocksteif an seinem neuen Platz und trank in finsterem Schweigen ein Glas um das andere. Nur als einmal das vieljährige oberkellnerische Inventarstück des Hauses, der nunmehr längst selig heimgegangene krumme Philipp, einen unverlangten Kalbsbraten vor ihn hinstellte, öffnete er den Mund und hieß ihn einen Esel. Der gute Philipp, welcher sehr taub war, nickte ihm 159 mit freundlichem Grinsen zu, nahm den Braten weg und kam gleich darauf mit einer noch einmal so großen Portion desselben zurück. Er hatte verstanden, der Gast wolle einen *größeren*, ein Mißhören, das bei der im Süden landüblich gleichen Aussprache von e und ö einem tauben Ohre gar leicht begegnen mag.

Dem Pfarrer von Y...burg blieb keine weitere Maßregel, als seinen nagenden Grimm an dem Kalbsbraten auszulassen.

Das Schicksal hatte jedoch dafür gesorgt, daß er ihn nicht ungestört aufessen sollte. Die poetische Gerechtigkeit, die er so vielfach herausgefordert, ereilte ihn in dem Augenblick, da er die Rache in der Form, wie er sie vollzog, süß zu finden begann. Ihr Werkzeug war ein kleiner Pfarrer mit spitzigem Gesicht, der neben ihm saß und sich an der Seite des unheimlichen Gastes nicht behaglich fühlte. Entschlossen, ihn für die Attentate, die er diesen Abend auf den Frieden einer vergnüglichen Gesellschaft gemacht, exemplarisch zu bestrafen, wartete er ab, bis sein Opfer einige Bissen verzehrt und den Appetit auf diejenige Stufe gebracht hatte, auf welcher es am wehsten tut, wenn er verdorben wird.

»Habe doch recht Bedauern gehabt mit dem Herrn Sohn,« begann er nun gegen ihn.

Der Pfarrer von Y...burg ließ den frischen Bissen an der Gabel vor dem Munde schweben und sah den Redner befremdet an.

»Ich meine das Mißgeschick, das der Herr Sohn heut im Examen gehabt haben,« fuhr dieser fort, unbarmherzig direkt vorgehend.

»Wie so? was denn?« fragte der andere und ließ Messer und Gabel sinken, unseligster Entwicklung gewärtig.

»Wie? Sie wissen es noch nicht? merkwürdig!« rief der kleine Pfarrer und erzählte ihm hierauf, was jedermann außer dem unglücklichen Vater wußte. Er erzählte mit einem Genuß, für dessen unerwartete Bescherung er sich selbst in seinem Herzen Dank sagte. Er hatte geglaubt, nur leicht auf ein Hühnerauge tupfen zu können, und nun war ihm die Genugtuung geworden, dieses Hühnerauge dem noch unbewußten Träger weitläufig in seiner ganzen Größe aufdecken zu dürfen.

Der Pfarrer von Y...burg starrte ihn eine Weile an. Er übersah mit einem Blicke sein ganzes Verhältnis zu der Gesellschaft. Worte nannten es nicht, nicht Pinsel noch Griffel! Weiterhin wurde ihm klar, daß Kalbsbraten für ihn abermals ein nur in der Erinnerung lebender Mythus bleiben müsse. Um nicht mit dem tauben Philipp noch einmal in Konflikt zu kommen, legte er soviel Geld auf den Tisch, als die Zeche nach seiner Rechnung betragen mochte, winkte seinem Sohne, der 160 alsbald an seiner Seite war, wiegte sich ein wenig auf dem Stuhle hin und her, um seine Kräfte zu erproben, stand dann bolzgerade auf, blieb einen Augenblick unbeweglich stehen, und – weg war er!

Auch Eduard war ebenso schnell den nacheilenden Blicken Wilhelms entschwunden.

Indessen hatte die poetische Gerechtigkeit ihren Weg auch zu dem kleinen Pfarrer gefunden, durch dessen Bosheit dieser rasche Abgang bewirkt worden war. Er lag mit dem Stuhl am Boden und streckte die Beinchen in die Höhe. Ob der Pfarrer von Y...burg ihn bei seinem kometenartigen Dahinstrahlen unwillkürlich oder absichtlich, zum Entgelt für seine freundnachbarliche Mitteilung, zu Boden gerissen hatte, hierüber konnte man nur Mutmaßungen hegen; daß *er* es war, der ihn gefällt, das stand außer Zweifel.

Nachdem der kleine Pfarrer wieder ajustiert war, erging sich die Gesellschaft in unverhohlenen Mißbilligungsäußerungen über den Abgegangenen, und ganz besonders auch über seine Unart, ohne Gutenacht fortzugehen. Französische Abschiede waren dazumal noch etwas Seltenes.

Alles war zuletzt einig, er sei ein verkappter Jesuit.

Indessen war und blieb die Stimmung gestört, der schöne Abend verdorben. Vergebens suchte man den Pfarrer von A...berg zu beschwichtigen. So oft er bedachte, daß er, ein so gediegener Mann, der alle Menschen liebte, und alle Menschen ihn, er, der bloße Theoretiker des Meuchelmords, ein praktischer Meuchelmörder sein sollte, so oft wurde er von neuer Rührung übermannt. Aus diesem Grunde hatte auch niemand an einen Vermittlungsversuch gedacht; denn selbst wenn die allgemeine Abneigung gegen den Beleidiger zu überwinden gewesen wäre, so war die Beleidigung zu schwer, um verziehen, um vergessen werden zu können.

Nach verschiedenen, mehr oder minder mißglückten Anstrengungen, dem Beisammensein wieder die frühere ungezwungene Heiterkeit zurückzugeben, glaubte man endlich den Abend beendigen zu müssen, und brach auf. Man fühlte die Unheilbarkeit des Risses, der zwei auf so seltene, wo nicht welt-, doch landhistorische Weise zusammengeführte Herzen für immer wieder auseinandergerissen hatte, man fühlte den Schmerz der Wunde, die in dem besseren dieser beiden Herzen – wer weiß wie lange – nachbluten mußte.

161

Mir selbst, der ich diese Geschichte schreibe, blutet das Herz. Wenn der Leser wüßte, welche Mühe es mich gekostet hat, diese beiden ungleichen Freunde zusammenzubringen, dann würde er mir wohl eine Empfindung der Teilnahme weihen. Nun stehe ich auf den Trümmern meiner mit so vieler Anstrengung unternommenen Arbeit, Öl und Zeit habe ich verloren, und dieses – ist dein Werk, Miaulis!

Leser, in dieser Lage gibt es für uns beide nur einen Trost. Sieh hin, dies war der Verlauf und Ausgang einer politischen Unterhaltung im Anfang der zwanziger Jahre. Deutschland im ersten Viertel des neunzehnten Jahrhunderts! Sieh hin und ermiß das Unermeßliche, ermiß die Riesenentwicklung, die wir seitdem durchgemacht haben. Von deiner politischen Bildung getragen, kannst du sie so gut, vielleicht besser ermessen, als ich selbst, und gerne will ich dir daher über diesen Gegenstand das Wort überlassen.

Ein Nachtwächter, der in den abgelegenen Teilen der Stadt eben die Stunde ausrufen wollte, sah zwei lange, magere, steife Wesen an sich vorüberschweben. Das kleinere dieser beiden Wesen ging voraus, das größere kam hintendrein und hielt das kleinere an den Haaren gefaßt, wobei der Führer geächzt, der Geführte aber geschwankt haben soll. Der Nachtwächter murmelte: »Alle guten Geister loben Gott den Herrn,« und rief die Stunde in einem andern Gäßchen. Am Morgen erzählte er jedem, der es hören wollte, von der grauslichen Erscheinung, die er gehabt.

Wir aber ahnen, wer diese beiden Gestalten waren.

Durch die breite Hauptstraße der Residenz bewegte sich um die gleiche Nachtstunde eine stumme Prozession.

Im ersten Gliede wurde ein Schluchzender unter den Armen geführt. Die andern folgten gleichsam als Leidtragende.

Der Schluchzende war der Pfarrer von A...berg.

Sein Wilhelm ging nebenher und war in großer Not. Die Begleiter trösteten ihn jedoch. »Es sei nur ein kleiner Zirkumflex,« sagten sie, »der bis morgen früh vorüber sein werde.«

Hiermit verzog es sich jedoch bis tief in den Tag hinein, und die Sonne stand schon hoch über den rauchenden Schornsteinen, an deren Fuße die gastfreundlichen Hausfrauen der Hauptstadt von der gehabten Last und Hitze jetzt wieder ausatmen durften, als ein bequemer Wagen Vater und Sohn der Heimat zu durch das östliche Tor entführte. 162

Beide sahen nachdenklich aus.

Wo die große Südstraße sich nach Ost und Westen teilt, sah Wilhelm am späten Nachmittage die beiden Ladstöcke auftauchen, die in seines Vaters sowie in seinen eigenen jungen Lebenslauf so bedeutendes Zündkraut eingetrieben hatten. Sie schienen einen Botenwagen, der eben am Horizont verschwand, benutzt zu haben, waren am Fuß einer Anhöhe abgestiegen und schickten sich nun an, einen holprigen Fußweg zur Rechten einzuschlagen, an dessen Spitze ein baufälliger Wegweiser, aus einem kleinen Gebüsch hervortretend, die westliche Richtung nach Y...burg, den Weg zum Käsebraten, bezeichnete.

Ehe sie jedoch denselben vollends erreichen konnten, drohte sie schon der schnelle Wagen der in glücklicherer Lebensstellung befindlichen beiden Reisenden einzuholen. Der Hufschlag und das Rollen der Räder bewog den Pfarrer von Y...burg, sich umzusehen. Als er die weiland befreundeten Gestalten erkannte, deren Begegnung ihm bevorstand, warf er aus den zusammengezogenen buschigen Augenbrauen einen wilden Blick auf sie und riß seinen Erzeugten mit sich in das Gebüsch. Wilhelm jedoch, der sich aus dem Wagen beugte, sah im Vorüberfahren, wie die Büsche sich teilten und Eduard den Kopf daraus hervorstreckte. Derselbe drückte die Lippen zusammen und riß sie wieder auseinander, wie man wohl zu tun pflegt, wenn man einen Kuß in die Ferne senden will. Wilhelm aber verstand ihn besser: das Zeichen bedeutete ein B. den Anfangsbuchstaben des Namens, den sie sich zum Losungswort erkoren hatten.

Schöne Stunde, wirst du jemals wiederkehren, durch den nie veraltenden Zauber dieses Namens heraufbeschworen?

Zugleich aber war Wilhelm noch Augenzeuge eines weiteren Schauspiels geworden. In der Lücke des Gebüsches war eine lange, knöcherne Hand erschienen, die dem armen Eduard eine wohlbemessene Ohrfeige gab.

Der Wagen war längst vorbeigerollt, und Wilhelm lehnte schwermütig wieder in seiner Ecke. Er gedachte der arithmetischen Genauigkeit seines Freundes, und bange Ahnungen erfüllten seine treue Seele. Ob sein Vater die Erscheinung gleichfalls gesehen habe, wußte er nicht
163 und hielt es jedenfalls für geratener, mit ihm nichts darüber zu reden.

Jetzt bog der Wagen nach Osten auf die kleinere Straße ab, die sich den heimischen Bergen näherte.

Der Pfarrer von A...berg hatte sich bis gestern abend unausgesetzt darauf gefreut, auf der Rückreise womöglich das vielbesprochene Felsengesicht zu beaugenscheinigen. Der Moment war jetzt gekommen, die Witterung konnte nicht günstiger sein. Instinktmäßig griff er in die Wagentasche, in welcher sich sein Butzengeiger befand, und holte denselben hervor. Kaum aber hatte er ihn erblickt, als sein Aussehen sich veränderte. Er wurde rot und blaß, ein Schauer überlief ihn, die Erinnerung schien mit tausend Freuden und Qualen in ihm aufzugehen, er steckte das Fernrohr wieder an seinen Ort und legte sich mit einem tiefen Seufzer in die Wagenecke zurück.

Er hat das Felsengesicht, die vornehmste Merkwürdigkeit seiner Gegend, in diesem Leben nicht mit Augen gesehen! Er mußte sich mit dem bloßen, ungeformten Material begnügen, das ihm von der künstlerischen Bearbeitung durch die Ferne keinen Begriff gab, und mit einer Beschreibung, an die er nicht denken konnte, ohne daß ihm ein Stich durch das Herz ging.

Inzwischen brachte er den ersten Abend, den er wieder im häuslichen Kreise verlebte, so heiter zu, als seine Erschöpfung von der Reise es nur gestatten wollte. Er mußte seiner Frau von dem glücklichen Examen, das Wilhelm gemacht, und von der schmeichelhaften Aufnahme bei den Verwandten in der Residenz so viel erzählen, daß ihm keine Zeit blieb, der Schattenseiten seiner Begegnisse zu gedenken.

Am andern Morgen jedoch hatte Wilhelm, der sich bei seinem Vater auf dessen Studierzimmer befand, abermals einen Anblick, der ihm durch die Seele schnitt.

Mit dem neuerdings gewohnten neunten Glockenschlage ging der Pfarrer so instinktmäßig wie gestern an die Beschäftigung, die ihm zur andern Natur geworden war. Er schritt zu der Schublade, in welche das Fernrohr von den sorgsam auspackenden Händen der Pfarrerin gleich nach seiner Ankunft wieder zurückgebracht worden war. Behaglich schob er es auseinander und trat zum Fenster. Hier aber, die Richtung vor Augen, in welcher Y...burg lag, erwachte er plötzlich wie aus einem Traume. Sein lachendes Antlitz umwölkte sich, niedergeschlagen ließ er den Tubus sinken, ohne nur einmal hinein gesehen zu haben. Dann schüttelte er den Kopf, schob das Instrument langsam zusammen, legte es wieder in die Schublade und verließ das Zimmer.

164

Der gute Sohn sah ihm traurig nach. Er konnte sich denken, daß der Vater jetzt zur Mutter hinabgehen werde, um sein gepreßtes, gekränktes Herz bei ihr auszuleeren.

Wilhelm konnte der Versuchung nicht widerstehen, sich zu vergewissern, wie der Pfarrer von Y...burg in der sonst von beiden Seiten jeden Morgen so sehnlich erwarteten optischen Begrüßungsstunde sich verhalte.

Er holte daher das Fernrohr und blickte hinab.

Der Pfarrer von Y...burg stand so gleichmütig wie immer an seinem Fenster und sah herauf, als wenn nichts vorgefallen wäre.

Bei näherer Rekognoszierung entdeckte Wilhelm jedoch, daß der Wegelagerer an seinem Fernrohr eine sonderbare Vorrichtung angebracht hatte, welche an der einen Seite ein gutes Stück weit über dasselbe herausragte. Wilhelm sah genauer hin und zerbrach sich den Kopf; doch wurde er seiner Sache immer gewisser und konnte zuletzt nicht mehr zweifeln, daß es ein – Scheuleder war. Er hatte Verstand genug, um sich zu sagen, daß niemand im Ernste daran denken könne, einem Fernrohr durch eine Augenklappe die Beschränkung aufzuerlegen, welcher man ein Pferdsauge unterwirft, daß also die angebliche Vorkehrung nichts anderes sei, als ein Werk schwarzer Bosheit und phantastisch abgefeimter Tücke, ein Symbol, durch welches der Unhold den Bewohnern des Pfarrhauses von A...berg insinuieren wolle, daß sie aus dem Fokus seines Blickes ausgeschlossen seien und sich nicht beigehen lassen dürfen, denselben auf *sich* zu beziehen, mit einem Worte, daß er wieder, wie ehevordem, an ihnen vorüber sehe.

Wilhelm war jetzt doppelt froh, daß sein Vater nicht hingeblickt hatte. *Dieser* Anblick würde ihm vollends das Herz abgedrückt haben.

Sehnsuchtsvoll spähte er an allen sichtbaren Teilen des Hauses und seiner Umgebung herum, allein von Eduarden war nichts wahrzunehmen.

Während er noch mit dem Tubus am Fenster stand, trat sein Vater wieder ins Zimmer.

»Du kannst ihn behalten, kannst ihn mit ins Kloster nehmen,« sagte
165 er mit weicher Stimme.

Wilhelm wußte, daß dem König von Thule jener goldene Becher nicht lieber sein konnte, als seinem Vater dieses Instrument. Er nahm das Geschenk mit unaussprechlicher Wehmut in Empfang, trug jedoch

Sorgfalt, es mit guter Art sogleich aus dem Studierzimmer zu entfernen, um den geliebten Vater vor dem teleskopischen Dolchstoße zu bewahren, der ihm von Y...burg aus zugedacht war. Nein, Meuchelmörder du selbst! dir sollte nicht die Genugtuung werden, mit diesem Stoße getroffen zu haben.

Wilhelm begrub in seinem Herzen, was er gesehen hatte. Nicht einmal seiner Mutter sagte er etwas davon.

Zwischen Morgen und Abend war, wenigstens von Morgen aus, und das seitens des Pfarrers von A...berg unbedingt, der Vorhang für immer gefallen. Er hat diesseits nicht wieder durch seinen Butzengeiger hindurchgeschaut, niemals, niemals, niemals!

Die Folgen dieser Entsagung blieben nicht aus. Man hätte ihm ebensogut ein Glied unterbinden können. Er lebte noch ein paar Jährchen fort, wie er gelebt hatte, menschenfreundlich, wohlwollend, heiter; aber in seiner Maschine war ein verborgenes Rädchen gebrochen. Erst litt er an periodischen Augenentzündungen, worin sich die wie durch eine Erkältung zurückgeschlagene Lebhaftigkeit seiner expansiven Augen krankhaft kundgab. Sie waren begleitet von intermittierendem Herzklopfen. Dieses weite Herz krampfte sich oft zusammen, weil ihm in dieser Welt ein Fleck zugeschlossen war, für den es nicht mehr schlagen durfte, wohin es nicht mehr schreiben konnte, woher es keine Briefe mehr empfangen sollte! Der sorgsamsten Pflege und rationellsten Behandlung gelang es zwar, diese Affektionen zu heben; aber das Übel zog sich jetzt tiefer in den Organismus zurück, wo es eine Zeitlang versteckt lauerte, um dann mit einer alle Wissenschaft überflügelnden Heftigkeit hervorzubrechen. Die bewährtesten Ärzte wurden gerufen. Leider konnten sie über die Prognose nicht einig werden. Der eine suchte die Krankheit in der Milz, der andere in der Leber, der dritte fand sie in den Nieren, der vierte im Pankreas. Da der Patient sich im voraus die Sektion verbat, so ist diese Streitfrage ungelöst geblieben, und die Jünger der Divinationskunst haben alle recht behalten.

Er erlebte nicht mehr die erste Predigt seines Wilhelms!

»*Multis ille bonis flebilis occidit!*« rief dieser in der Traueranzeige, die er in die große Landeszeitung einrücken ließ. 166

Armer Pfarrer von A...berg, die Stunde ist gekommen, da wir dir Valet sagen müssen. Wir können jedoch nicht von dir scheiden, ohne deinem tragischen Geschick noch eine kurze Betrachtung gewidmet zu haben.

Unglückliches Tubusspiel, das dir nie hätte einfallen sollen!

Wir meinen nicht das einfach-kindliche Spiel, dem du in deinen glücklicheren Tagen um die *achte* Morgenstunde obzuliegen pflegtest; denn »hoher Sinn liegt oft im kind'schen Spiel«. Nein, wir meinen das Doppelspiel, das dich verleitete, eine lang erprobte Gewohnheit abzudanken und von der achten Stunde zur *neunten* herabzusteigen, vom Monologe zum Dialoge fortzuschreiten! Hat keine Ahnung dir zugeflüstert, daß ein Tubus nicht die Laterne des Diogenes ist, daß unter den Rosen deiner Entdeckung eine Schlange nisten könnte?

Warum aber auch, so muß bei diesem Totengerichte gefragt werden, warum mußtest du dich verführen lassen, deinen Dekan, dem du als deinem Vorgesetzten ernstere Ehrerbietung schuldig warst, zu harcelieren und ihm auf den Zahn des Humors zu fühlen? Denn ohne diesen, mit aller Schonung sei es bemerkt, doch immerhin vielleicht etwas losen Scherz wäre jener Abend nicht so sehr in die Länge gezogen, wäre der folgende Morgen nicht um eine Stunde verkürzt, wäre somit eine weisliche Weltordnung, die zwei so heterogene Individuen, um sie auseinander zu halten, mit der einzigen ihnen gemeinsamen Neigung auf verschiedene Stunden angewiesen hatte, nicht freventlich durchbrochen worden. Ach, auch einem so reinen Gemüte, wie dem deinigen, war es nicht gegeben, ganz ohne Verschulden durch dieses sündige Leben zu gehen, und »alle Schuld rächt sich auf Erden«. Allein du hast die deine genug, ja mehr als genug gebüßt, und darum sei dir die Erde
167 leicht!

Biographie

1813	*30. November:* Hermann Kurz (bis 1848 Kurtz) kommt als Sohn des Handelsmanns David Kurz und dessen Frau Christiane, geborene Schramm, in Reutlingen zur Welt.
1821	Besuch des Lyzeums.
1826	Sein Vater stirbt.
1827	Abschluss des Lyzeums mit Landexamen. Anschließend besucht Kurz das Seminar in der Maulbronner Klosterschule. Dort lernt er Eduard Zeller und David Friedrich Strauß kennen.
1830	Tod der Mutter.
1831	Beginn des Theologie- und Philosophie-Studiums am Stift Tübingen. Erste Übersetzungsarbeiten von Byron, Scott und Thomas Moore.
1834	Anonyme Veröffentlichung von »Fausts Mantelfahrt«.
1835	Kurz muss den Stift wegen Verstößen gegen die Disziplin verlassen. Für kurze Zeit arbeitet er als Vikar in Ehningen bei Böblingen.
1836	Umzug nach Stuttgart, wo sich Kurz, nachdem er aus dem Kirchendienst aussteigt, als Übersetzer, freier Schriftsteller und Journalist für Zeitschriften wie »Der Spiegel«, »Morgenblatt für gebildete Stände« und »Europa« seinen kärglichen Unterhalt verdient. Veröffentlichung seines ersten Gedichtbandes »Gedichte« und der Novelle »Das Wirtshaus gegenüber«.
1837	Seine Novellensammlung »Genzianen« erscheint.
1839	»Dichtungen«.
1843	Veröffentlichung des historischen Romans »Heinrich Roller oder Schillers Heimatjahre. Vaterländischer Roman«, der durch Scott und Hauffs historische Romane beeinflusst ist.
1844	Kurz übersetzt »Tristan und Isolde« von Gottfried von Straßburg.
1845	»Die Fragen der Gegenwart und das freye Wort, Abstimmung eines Poeten in politischen Angelegenheiten« sowie »Wenn es euch beliebt: Ein Kampf mit den Drachen. Ein Ritter-

und Zaubermärchen«.

1844–47 Kurz arbeitet als Redakteur für das »Deutsche Familienbuch zur Belehrung und Unterhaltung« in Karlsruhe.

1848 In Stuttgart nimmt Kurz die Stelle eines Redakteurs bei der Zeitung »Der Beobachter« an.
»Deutschland und seine Bundesverfassung«.

1850 Abbüßung einer dreiwöchigen Haft im württembergischen Staatsgefängnis Hohenasperg wegen freisinniger Veröffentlichungen.

1851 *1. Januar:* Kurz wird zum Chefredakteur des demokratischen »Beobachters« ernannt.
Heirat mit der Schriftstellerin Maria von Brunnow in Obereßlingen.

1854 Politischer Druck zwingt Kurz zur Aufgabe der journalistischen Tätigkeiten. Fortan muss er erneut eine entbehrungsreiche Existenz als freier Schriftsteller führen.

1855 »Der Sonnenwirt. Eine schwäbische Volksgeschichte«.

1856 »Der Weihnachtsfund. Ein Seelenbild aus dem schwäbischen Volksleben« (Erzählung).

1858 Umzug nach Obereßlingen.
Eine dreibändige Sammlung seiner »Erzählungen« erscheint.

1859 Kurz freundet sich mit Paul Heyse an.
Veröffentlichung seiner Erzählung »Die beiden Tubus«.

1860 Die Weimarer Schillerstiftung gewährt Kurz einen Ehrensold.

1861 »Erzählungen, Umrisse und Erinnerungen«.

1862 Umzug nach Kirchheim bei Teck.

1863 Kurz wird zweiter Unterbibliothekar an der Universitätsbibliothek Tübingen.
Geburt seiner Tochter Isolde, die später wie ihre Eltern Schriftstellerin wird.

1865 Die Universität Rostock verleiht Kurz den Titel Doctor honoris causa für die Identifizierung von Grimmelshausen als Verfasser des »Simplicissimus«.

1868 »Zu Shakespeares Leben und Schaffen. Altes und Neues«.

1869 Um seinen Freund zu unterstützen macht Paul Heyse Kurz zum Mitherausgeber der Novellensammlung »Deutscher Novellenschatz«. Bis 1874 erscheinen 18 Bände.

1871 »Aus den Tagen der Schmach. Geschichtsbilder aus der Melacszeit« und
»Falstaff und seine Gesellen« werden veröffentlicht.

1873 *10. Oktober:* Kurz stirbt wenige Wochen vor seinem 60. Geburtstag in Tübingen. Seine Grabstätte befindet sich auf dem Tübinger Stadtfriedhof.